妖《よう》精《せい》のあんパン

斉藤栄美・作　染谷みのる・絵

もくじ

おもな登《とう》場《じょう》人《じん》物《ぶつ》

妖《よう》精《せい》のあんパン
戸田《とだ》かれん
神崎《かんざき》侑太郎《ゆうたろう》
水上《みなかみ》愛理《あいり》
星島《ほしじま》歩夢《あゆむ》

1　おてんばざかり

六月《がつ》。梅雨《つゆ》の季節《きせつ》。でも、今《いま》のところ雨《あめ》はほとんどふらず、真夏《まなつ》のような暑《あつ》さが続《つづ》いている。

特《とく》に、ここ、六階建《かいだ》てのマンションの最上階《さいじょうかい》のリビングには、大《おお》きな窓《まど》からたっぷりの日差《ひざ》しがさしこんで、かべの温度計《おんどけい》の目《め》もりは三十一度《ど》。小麦《こむぎ》のおでこにも、あせのつぶがうかんでいたけれど、クーラーは、がまん。

がっしりとした木製《もくせい》の、広《ひろ》いダイニングテーブルの上《うえ》で、やわらかな、白《しろ》いねんどのようなかたまりを、小麦《こむぎ》はこねつづける。右《みぎ》うでで一、左《ひだり》うでで二、また右《みぎ》うでで三……と、力《ちから》をこめて。

こねているのは、パンの生地《きじ》。小麦粉《こむぎこ》に、水《みず》、たまご、しお、さとうなどと、なにより大切《たいせつ》な酵母《こうぼ》をまぜたもの。パンをふくらませるのに酵母《こうぼ》はかかせない材料《ざいりょう》だ。

そう。今《いま》、小麦《こむぎ》はパンづくりのまっさいちゅう。

小麦《こむぎ》のおじいちゃんは、近所《きんじょ》で「ボンジュール」というパン屋《や》をいとなんでいる。が、おじいちゃんが病気《びょうき》で入院《にゅういん》し、店《みせ》はしばらくのあいだ休業《きゅうぎょう》しなければならなくなった。小麦《こむぎ》の家《いえ》の朝食《ちょうしょく》は、いつも焼《や》きたてのボンジュールのパンだったから、おじいちゃんのパンが食《た》べられなくなってママもパパもがっかり。けれど、一番《いちばん》しょんぼりしているのはおじいちゃん本人《ほんにん》のはず。

小麦《こむぎ》は、おじいちゃんに、パンづくりを教《おし》えてほしいとたのんだ。小麦《こむぎ》がおじいちゃんのレシピでパンを焼《や》けば、みんなが元気《げんき》をとりもどすのではないか、と考《かんが》えたのだ。

おじいちゃんから、最初《さいしょ》のロールパンのレシピをわたされて以来《いらい》、ほぼ毎日《まいにち》、小麦《こむぎ》は学校《がっこう》から帰《かえ》ると、自分《じぶん》の家《いえ》のキッチンでパンをつくっている。パンづくりに適《てき》した気温《きおん》は三十度前後《どぜんご》。人間《にんげん》には暑《あつ》いくらいが、パンの発酵《はっこう》にはちょうどいい。なので、クーラーをつけ

31°c

ずに小麦《こむぎ》はがんばっているというわけ。

こねはじめの生地《きじ》はベタベタしていて手《て》にくっつき、とてもあつかいにくい。そのうちに重《おも》たくなってくる。腰《こし》を落《お》として、両手《りょうて》でおしだすように生地《きじ》をこねる。グイッ、グイッ、グイッと。一・二・三、のリズム。そして、それを今度《こんど》は手前《てまえ》に引《ひ》きもどす。グイッ、グイッ、グイッと。二・二・三のリズム。

一・二・三、二・二・三。一・二・三、二・二・三……。ダンスをおどるように。

「ねぇ、ココモモもいっしょにやろう。ココモモダンス、おどってよ」

生地《きじ》をこねる手《て》は休《やす》めずに、顔《かお》だけあげて、小麦《こむぎ》は声《こえ》をかけた。

シャシャシャシャ……！

あぶくがはじけるような音《おと》がした。

と、なにか小《ちい》さな生《い》き物《もの》が、天井《てんじょう》から飛《と》びだしてきた。目《め》にも止《と》まらぬはやさで、部屋中《へやじゅう》のかべからかべへと飛《と》びまわる。一直線《いっちょくせん》に、びゅんっ、びゅんっ、びゅんっ！　そのあとには、飛行機雲《ひこうきぐも》みたいな金色《きんいろ》の線《せん》がうっすらと残《のこ》り、すぐに消《き》えていく。

「ココモモ、いいから、じっとして。ここに来《き》て、わたしのお手伝《てつだ》いをおねがい」

シュボンッ!!

生《い》き物《もの》がダイビング。小麦《こむぎ》がこねているパン生地《きじ》の、ど真《ま》ん中《なか》へと。

「あーッ！　ちょっと、なにしてんのっ⁉」

小《ちい》さな、小《ちい》さな、女《おんな》の子《こ》。体全体《からだぜんたい》がうすいピンク色《いろ》で、頭《あたま》の形《かたち》はレモンのようなだえんけい。てっぺんからのびた、ひげみたいなものの先《さき》に、丸《まる》いピンクの玉《たま》がついている。そして背中《せなか》に、うちわにも似《に》た二枚《まい》の羽《はね》――。

小麦《こむぎ》が「ココモモ」と名《な》づけたその子《こ》は、おそらくパンの妖精《ようせい》だった。ほんとうのところはまだわからない。けれども、そうにちがいないと小麦《こむぎ》は信《しん》じている。なぜって、ココモモは、イチゴの天然《てんねん》酵母《こうぼ》の中《なか》から生《う》まれてきたから。

ココモモは、トランポリンでもするように、パン生地《きじ》の上《うえ》ではねた。トンッ、トンッ、トンッ。ビヨーン、ビヨーンッ、高《たか》くジャンプ。クルンッ、宙返《ちゅうがえ》り。

シャワシャワシャワシャワ！

「ココモモ、やめなさい。食《た》べ物《もの》で遊《あそ》んじゃいけないのよ」

小麦《こむぎ》がしかっても、ココモモは、はねるのをやめない。

シャワシャワシャワシャワ！

「こら！　ココモモ！」

小麦《こむぎ》が声《こえ》をはりあげればあげるほど、ココモモのジャンプはいきおいづく。ドスンッ、ドスンッ。

「あー、ダメ！　生地《きじ》がいたんじゃう！」

ドスドスドスドスドスドス……、ココモモは生地《きじ》の上《うえ》を高速《こうそく》で足《あし》ぶみ。

「ココモモダンス！　ココモモダンス！」

「そんなの、ココモモダンスじゃない！　やめて！　お手伝《てつだ》いしてくれないのなら、あっちいってて！」

ココモモを追《お》いはらうように小麦《こむぎ》が右手《みぎて》を横《よこ》にふった。その手《て》をじょうずによけて、ココモモは飛《と》びだす、上空《じょうくう》へ。

シャシャシャシャシャッ、シャシャシャシャ、シャシャシャシャシャッ……わらい声《ごえ》も止《と》まらなければ、めまぐるしい動《うご》きも止《と》まらない。か

べからかべへ、かべから天井《てんじょう》へ、天井《てんじょう》からまたかべへ――やがて、ココモモは、ゆかでねそべるコロネの背中《せなか》に着地《ちゃくち》。

コロネは、小麦《こむぎ》の家《いえ》で飼《か》っているオスのトイプードルだ。ココモモに負《ま》けずおとらずわんぱくなコロネだが、最近《さいきん》は暑《あつ》さでバテぎみ。すずしい場所《ばしょ》を見《み》つけては、体《からだ》を横《よこ》になげだして、ねてばかりいる。

ピクッと目《め》をさます、コロネ。ココモモのしわざだとわかると、めいわくそうに顔《かお》をあげた。でも、じっとがまん。小《ちい》さな小《ちい》さなココモモにじゃれついたり、ほえかかったりしてはいけないと、ふだんから小麦《こむぎ》に言《い》いきかされているのだ。……が、

ブルルルルルッ！

ついに、おきあがって身《み》ぶるいした。それというのも、ココモモが、コロネのチョコレート色《いろ》の毛《け》の中《なか》をモゾモゾとはいまわって、くすぐっていたからだ。

シャシャシャシャシャシャッ!!

はじけるようなココモモのわらい声《ごえ》。コロネの体《からだ》からもダッシュ。

びゅんっ！　びゅん！　シュッ！　クルクルクルッ！　ドスンッ！　ガラガラガラッ！　バサッ！　ガッシャンッ!!

「ココモモ!!　やめなさい!!　あばれないで！」

飛《と》びさるココモモのあとには、カーテンがはためく、たなからカゴが落《お》ちる、かびんがたおれる、テーブルに水《みず》がこぼれる……。

「いい子《こ》にしてよ、おねがい！」

いい子《こ》だった、ココモモは。少《すこ》し前《まえ》までは。

小麦《こむぎ》がおじいちゃんから引《ひ》きついだ、イチゴの天然酵母《てんねんこうぼ》を完成《かんせい》させ、この家《いえ》へ持《も》ってきたのといっしょにあらわれた、ココモモ。初《はじ》めは人間《にんげん》の言葉《ことば》もわからず、ささいな物音《ものおと》にもおどろいて、小麦《こむぎ》のエプロンのポケットにかくれてしまう、はにかみやさんだった。

それでも、ココモモの成長《せいちょう》はいちじるしく、あっというまにおしゃべりができるようになった。小麦《こむぎ》とコロネとともに、パンをつくるのが大《だい》すき。生地《きじ》をこねる小麦《こむぎ》に、ダンスのリズムでコツを教《おし》えるなど、お手伝《てつだ》いもしてくれていたのに——。

「ココモモ！　いけませんッ!!」

小麦《こむぎ》はしかってばかり。ここのところのココモモは、エネルギーがありあまっているみたい。まるでマグマをふきだした火山《かざん》のよう。手《て》におえない。

「あーッ、大変《たいへん》！　生地《きじ》がかわいてきちゃった、発酵《はっこう》も始《はじ》まっちゃう、まだじゅうぶんこねあげていないうちに」

おおあわてで小麦《こむぎ》はふたたび、パン生地《きじ》に向《む》かう。

シャシャシャシャシャシャッ!!

そんな小麦《こむぎ》のこまったようすでさえ、ココモモにはおかしくてたまらないらしい。

「ンもうっ、ココモモなんて、シラナイ!!」

おこられたって、へっちゃら。

そして、今日《きょう》も、パンの出来《でき》はきっと……。

2　気持《きも》ちは梅雨空《つゆぞら》

「……あんまりおいしくない」

と、ママはかじりかけのパンをお皿《さら》においた。

「ふっくらしてないし、パサついてる」

小麦《こむぎ》も同感《どうかん》。こねているさいちゅうにココモモがあばれたせいで、生地《きじ》がかわいてしまったのだろう。

でも、ママには、そんなふうに言《い》いわけできない。ココモモのこ

とはひみつだった。だれかに話《はな》したら、ココモモは消《き》えてしまうにちがいないと、小麦《こむぎ》は考《かんが》えている。じっさい、ココモモのすがたが見《み》えるのは、小麦《こむぎ》とコロネだけ。ママやパパには、わらい声《ごえ》でさえ聞《き》こえていないようなのだ。

ほら、今《いま》だって。ココモモは、ママの前髪《まえがみ》を巻《ま》いたカーラーのあなの中《なか》から顔《かお》をだしたり、ひっこめたり……。「もういいよぉー」って、ひとりでかくれんぼ？

思《おも》わずクスッとわらいたくなる小麦《こむぎ》。いっぽう、ママはへいぜんとしている。

「そもそも、あんこがダメよ、これじゃぁ」

けさの食卓《しょくたく》にのっているのは、あんパンだった。じつは、きのうも、おとといも。近《ちか》ごろ、小麦《こむぎ》が熱心《ねっしん》にとりくんでいるレシピが、あんパンなのだが――。

なかなか手《て》ごわい。一番《いちばん》むずかしいのが「包《ほう》あん」という、あんこをつつみこむ作業《さぎょう》だ。親指《おやゆび》と人《ひと》さし指《ゆび》とのあいだに、あんをのせた生地《きじ》をおいて、回《まわ》しながらとじていくのだけれど、うまくいかない。もたもたと時間《じかん》ばかりがかかる。

おまけに、時間《じかん》をかけたにもかかわらず、とじ目《め》がしっかりしていなくて、焼《や》きあがったパンのうらを見《み》たら、あんこがとびだしていた、なんてことがしょっちゅう。

さらには、この暑《あつ》さも問題《もんだい》だった。夏《なつ》に向《む》かい、小麦《こむぎ》は、パンづくりの調子《ちょうし》がこれまでとちがってきていると感《かん》じている。ゆだんすると、どんどん発酵《はっこう》が進《すす》んでしまう。発酵《はっこう》が進《すす》んだ生地《きじ》は、べたついて成形《せいけい》しづらくなり、味《あじ》も少《すこ》しすっぱくなる。

『温度管理《おんどかんり》がもっとも重要《じゅうよう》』

おじいちゃんが、ボンジュールのちゅうぼうで、よく口《くち》にしていた言葉《ことば》の意味《いみ》を、ちょっぴりわかりはじめた小麦《こむぎ》だ。

そして、パン生地《きじ》のほかにも、最近手《さいきんて》におえないものがいる。

シャワシャワシャワッ！

わらいながら、ココモモが、ママのカーラーからはいでてきた。

「見《み》つかっちゃった！　じゃあ、今度《こんど》は、ココモモがオニね！　みんな、かくれて！」

ココモモは、ママのおでこをいきおいよくけりあげた。宙《ちゅう》を、ソフトクリームの形《かたち》に、うずを巻《ま》いて上昇《じょうしょう》していく。

「いーち……、にーい……、さーん……」

（ココモモったら、ひとりで、なにをやっているの？　まるで、おおぜいの友《とも》だちと遊《あそ》んでいるみたいに？）

念《ねん》のため周囲《しゅうい》をかくにんした小麦《こむぎ》だが、もちろんなにかがいるようすはなかった。

こんなふうにだれかと遊《あそ》んでいるようだったり、おしゃべりした

り……と、ココモモは元気《げんき》いっぱい。いやむしろ、元気《げんき》がよすぎて小麦《こむぎ》のなやみの種《たね》にもなっている。

おでこをふみ台《だい》にされ、ママもかゆかったらしく、ひたいに手《て》をやって、

「あのね、ただ、あまけりゃいいってもんじゃないのよ、あんこはさ。もっと上品《じょうひん》で、かおりもふくよかじゃなきゃ」

あいかわらずの注文《ちゅうもん》をつけた。

「しょうがないでしょう、買《か》ってきたあんこだもの」

チッ、チッ、チッ、と、ママが立《た》てた右《みぎ》の人《ひと》さし指《ゆび》を左右《さゆう》にふる。

「ダメ、ダメ。おいしいあんパンが焼《や》きたいなら、あんこから手《て》づ

くりしないと」

「だったら、ママがつくってよ」

小麦《こむぎ》は言《い》った。

「ボンジュールのパンだって、フィリングは、おばあちゃんの担当《たんとう》じゃん」

フィリングというのは、パンのなかみ、具《ぐ》のことだ。ボンジュールでは、カスタードも、イチゴジャムも、サンドイッチのたまごもポテトサラダも、おばあちゃんが手《て》づくりしている。中《なか》でもあんこは絶品《ぜっぴん》で、一度《ど》食《た》べたらわすれられない。これを目当《めあ》てに、わざわざ遠《とお》くの町《まち》から買《か》いに来《く》るお客《きゃく》さんもいるほどなのだ。

「わたしが？　じょうだん。そんなうでも、ひまも、ありませーん」

パン屋《や》のむすめなのに、ママはおせじにも料理《りょうり》の才能《さいのう》にめぐまれているとは言《い》えず、それは本人《ほんにん》にもわかっているらしく、できるかぎり食《た》べる側《がわ》に回《まわ》っている。時間《じかん》がないというのもほんとう。雑誌《ざっし》の編集者《へんしゅうしゃ》で、朝《あさ》から、ときには夜《よる》おそくまで、働《はたら》いていた。ちなみにパパは、旅行会社《りょこうがいしゃ》に勤《つと》めており、休日《きゅうじつ》の添乗《てんじょう》の仕事《しごと》も多《おお》い。今《いま》は『八日間《かかん》・ヨーロッパの旅《たび》』中《ちゅう》だ。

共働《ともばたら》きの家庭《かてい》に育《そだ》った小麦《こむぎ》は、たいていのことは自分《じぶん》ひとりでできる。留守番《るすばん》も、コロネの世話《せわ》も、せんたくをとりこんでたたむことも、かんたんなごはんのしたくも、パンづくりも。

「だけど、わたしだって、あんこを煮《に》るのはむりだと思《おも》う。まだ。自信《じしん》ないよ」

と、前向《まえむ》きさがとりえの小麦《こむぎ》にしては、めずらしく弱気《よわき》な発言《はつげん》。

「まぁ、そうね。あんこまでつくらなくてもいいわね。そこまでこらなくても。これはこれでおいしいよ。ごちそうさま。あ、でも、明日《あした》は、ベーグルにしてくれる？　毎朝《まいあさ》あんパンは、さすがにきついわ」

ママが、食《た》べおえた食器《しょっき》を持《も》って立《た》ちあがる。

「あ！　ねぇ、ママ！　今週《こんしゅう》の土曜日《どようび》、おじいちゃんのおみまいに行《い》く？　わたしもいっしょに行《い》きたいんだけど」

小麦《こむぎ》はママの背中《せなか》によびかけた。

ゆっくりとした足《あし》どりで流《なが》しに向《む》かい、ふりかえったママは、

「うん。……けど。ひとりで行《い》くわ。小麦《こむぎ》は、そのうち。またね」

と、かんぺきなえがおで答《こた》えた。

手術《しゅじゅつ》が成功《せいこう》し、次《つぎ》の治療《ちりょう》にうつったおじいちゃんだったが、ここしばらく病院《びょういん》へはおばあちゃんかママが行《い》き、小麦《こむぎ》は連《つ》れていってもらえなくなっていた。理由《りゆう》や、おじいちゃんの状態《じょうたい》をたずねても、おとなたちは「だいじょうぶ」「心配《しんぱい》ない」とくりかえすだけ。今《いま》みたいなつくりわらいで。

なにかかくされている、とは小麦《こむぎ》も気《き》づいているけれど、それ以《い》

上聞《じょうき》いてはいけないのだ、ともわかっている。おそらく自分《じぶん》のことを思《おも》って、ないしょにしてくれているのだろう、と。

だから、おじいちゃんに会《あ》いたい気持《きも》ちをがまんする。うまくいっていないパンづくりのアドバイスもほしいが、きっとおじいちゃんはがんばって病気《びょうき》とたたかっている。わたしも自分《じぶん》の力《ちから》で問題《もんだい》をかいけつしなきゃ――小麦《こむぎ》は思《おも》う。

「さぁ、出勤《しゅっきん》、出勤《しゅっきん》！　したくするよ。小麦《こむぎ》も、ほら、学校《がっこう》行《い》く準備《じゅんび》しないと」

リビングの窓《まど》から外《そと》をながめて、ママ。

「よいお天気《てんき》ね。今日《きょう》も暑《あつ》くなりそう。梅雨《つゆ》はどこに行《い》っちゃったのかしら」

たしかに空《そら》は青《あお》く、すでに明《あか》るい太陽《たいよう》の光《ひかり》がふりそそいでいる。

雨《あめ》のけはいは今日《きょう》もない。

「ワンッ!!」

足《あし》もとで、コロネがひと声《こえ》ほえた。

（助《たす》けてください）と、おねがいするように小麦《こむぎ》を見《み》あげるつぶらなひとみ。

「どうしたの、コロネ」

とうとうがまんがならないと、後《うし》ろ足《あし》ではげしくかいたコロネのたれた耳《みみ》の下《した》から、ココモモがとびだしてきた。

シャシャシャシャ……!!

「こらっ、ココモモ！　また、コロネをからかって！」

小麦《こむぎ》はママには聞《き》こえないようにココモモをしかるが、ココモモときたら……

シャラシャラシャラララッ……

金色《きんいろ》の流線《りゅうせん》をえがきながら、ごきげんで空中飛行《くうちゅうひこう》。

「んもう」

ため息《いき》をついて、小麦《こむぎ》が、パンケースにしまおうとお皿《さら》に残《のこ》ったあんパンを手《て》にとると、やぶれた底《そこ》からあんこが見《み》えていた。

「あぁ、これも失敗作《しっぱいさく》かぁ……」

（おじいちゃん……）

そして、思《おも》いうかべたおじいちゃんは、病院《びょういん》のベッドにねている――。

空《そら》は晴《は》れていても、小麦《こむぎ》の心《こころ》の中《なか》には、どんよりと暗《くら》い雲《くも》がたれこめている。

3　302号室《ごうしつ》の山下《やました》兄妹《きょうだい》と、となりの席《せき》の星島君《ほしじまくん》

小麦《こむぎ》が通《かよ》う小学校《しょうがっこう》では、新入生《しんにゅうせい》が学校《がっこう》になれる一学期《がっき》いっぱいまでは集団登校《しゅうだんとうこう》をしている。マンション「グリーンヒルズ」の出入《でい》り口前《ぐちまえ》が、小麦《こむぎ》たちの班《はん》の集合場所《しゅうごうばしょ》だった。

おしゃべりしながら、あと数人《すうにん》のメンバーを待《ま》っていると、エレベーターがティンッと鳴《な》ってドアが開《ひら》いた。あらわれたのは、302号室《ごうしつ》の山下風香《やましたふうか》ちゃんと、お兄《にい》ちゃんの翔君《かけるくん》。

風香《ふうか》ちゃんがかけより、「おはよう！」と小麦《こむぎ》のハーフパンツの足《あし》にとびつく。一年生《ねんせい》の風香《ふうか》ちゃんは、小《ちい》さなころからの家族《かぞく》ぐるみのつきあいの小麦《こむぎ》を、すごくたよりにしている。ひとりっこの小麦《こむぎ》も、山下《やました》さんちの二人《ふたり》の子《こ》どもには兄弟《きょうだい》みたいな親《した》しい気《き》持《も》ちがあって、風香《ふうか》ちゃんのめんどうをよくみていた。

いっぽう、班《はん》の男子《だんし》たちにとりかこまれている翔君《かけるくん》は、ブカブカの制服《せいふく》すがたも、だいぶさまになってきた。風香《ふうか》ちゃんが小学生《しょうがくせい》になるのと入《い》れちがいに、中学校《ちゅうがっこう》に進学《しんがく》したのだ。

地元《じもと》の少年野球《しょうねんやきゅう》チームに所属《しょぞく》し、運動会《うんどうかい》では選抜《せんばつ》リレーのスターだった翔君《かけるくん》は、おもしろくて、下級生《かきゅうせい》にも人気《にんき》がある。

「翔君《かけるくん》、今日《きょう》も部活《ぶかつ》？」「中学《ちゅうがく》の野球部《やきゅうぶ》って、どう？」「ぼくも中学《ちゅうがく》行《い》ったら、野球部《やきゅうぶ》に入《はい》ろうっかな」

翔君《かけるくん》が手《て》にした野球道具《やきゅうどうぐ》をまぶしそうにながめて、口々《くちぐち》に男子《だんし》たちは言《い》う。

「おう、入《はい》れ。いっしょにやろうぜ。楽《たの》しいぞ！」

と、翔君《かけるくん》。

「お兄《にい》ちゃん、試合《しあい》に出《で》るんだよ！　ピッチャーだよ！」

風香《ふうか》ちゃんが胸《むね》をそらした。

「マジッ！」「一年生《ねんせい》なのに、もう、レギュラーなの!?」「翔君《かけるくん》、スゲーッ!!」

小学生《しょうがくせい》たちのあいだから、おどろきの声《こえ》があがった。

「ちがう、ちがう！　レギュラーじゃないよ。センパイが、ケガしちゃって、そのかわり。今回《こんかい》だけさ」

「それでも、スゴイよ！」「さすが！　翔君《かけるくん》!!」

みんなにほめまくられて、翔君《かけるくん》はくすぐったそうにおでこをかく。

小麦《こむぎ》と目《め》があうと、言《い》った。

「おっ、小麦《こむぎ》。風香《ふうか》のこと、イジメんなよ」

てれかくしみたいに。

こんなふうに、翔君《かけるくん》は、はずかしがりやで、あまのじゃく。小麦《こむぎ》は知《し》っている。だから、

「だれが!?　いじめるわけないでしょう!?　ねぇ、風香《ふうか》ちゃん」

と、小麦《こむぎ》も、話《はなし》をそらす手《て》にのってあげる。

「小麦《こむぎ》ちゃんはやさしいよ。今度《こんど》、風香《ふうか》に、パンも焼《や》いてくれるんだもん」

「あ、そうだってな。パン習《なら》ってるんだってな。なにパンつくれんの？」

「ロールパンとかベーグルとか……、今《いま》は、あんパンに挑戦中《ちょうせんちゅう》」

「いいじゃん、あんパン！　オレ、すき！　今度《こんど》、食《た》べさせてよ」

「風香《ふうか》は、うさぎパンがいいな」

「うさぎパンかぁ！　ボンジュールの」「わたしも食《た》べたい！」「ね

え、小麦《こむぎ》ちゃん、ボンジュール、いつ、またお店《みせ》、開《ひら》くの？」

すっかり話題《わだい》はうつって、そのすきに翔君《かけるくん》は中学校《ちゅうがっこう》に向《む》かってしまった。


教室《きょうしつ》の自分《じぶん》の机《つくえ》にランドセルをおくと、先《さき》に席《せき》に着《つ》いていた星島《ほしじま》君《くん》が、「おはよう！」と、小麦《こむぎ》を見《み》あげた。

「お、おはよ」

口《くち》の中《なか》で小《ちい》さく、小麦《こむぎ》はあいさつを返《かえ》す。

外国人《がいこくじん》みたいに色《いろ》が白《しろ》くて、茶色《ちゃいろ》くすきとおった目《め》をしている、焼《や》きたてのフランスパンのような星島君《ほしじまくん》は、やさしい性格《せいかく》で、クラスのみんなにすかれている。

今回《こんかい》の席《せき》がえで初《はじ》めてとなりになった小麦《こむぎ》だが、星島君《ほしじまくん》と話《はな》すときは、いつもなぜか少《すこ》しきんちょうしてしまうのだ。

「ねえ、元気《げんき》？」

星島君《ほしじまくん》が聞《き》いた。

「え、あ……。元気《げんき》！　元気《げんき》！」

小麦《こむぎ》は、両《りょう》うででガッツポーズをつくり、ガシガシと、上下《じょうげ》にふってみせた。

「ごめん、ちがう、プッ！」

ふきだす、星島君《ほしじまくん》。

「ちがうんだ、倉橋《くらはし》のこと聞《き》いたんじゃなくて」

「な、なに？　えっ？」

「赤《あか》ちゃん。倉橋《くらはし》んちで飼《か》ってる……。最近《さいきん》、話《はなし》に出《で》てこないから、元気《げんき》かなぁって思《おも》って」

「あっ、あぁ」

合点《がてん》がいって、小麦《こむぎ》はガッツポーズの両手《りょうて》を急《いそ》いでさげた。

「そっちか。ヤダ、わたしったら、かんちがい」

「ううん、ぼくの言《い》い方《かた》が悪《わる》かったよね。ごめん、ごめん」

あやまりながらも、星島君《ほしじまくん》の顔《かお》はまだわらっている。

はずかしくて、小麦《こむぎ》は耳《みみ》のうらが熱《あつ》くなった。だから、つい、言《い》ってしまった、早口《はやくち》で。

「元気《げんき》だよ。おてんばすぎて、こまってるの」

言《い》ったあとに、（ちがう、ちがう）と心《こころ》の中《なか》で首《くび》を横《よこ》にふる。星島《ほしじま》君《くん》には、イチゴの天然酵母《てんねんこうぼ》を育《そだ》てているときから、少《すこ》しだけそんな話《はなし》をしていた。けれど、もちろんココモモのことはひみつだし、きちんと伝《つた》えてはいない。

星島君《ほしじまくん》は、小麦《こむぎ》が動物《どうぶつ》の赤《あか》ちゃんを飼《か》いはじめたと思《おも》いこんでいる。パンの妖精《ようせい》とは教《おし》えられなくても、せめてもっとべつの言《い》い方《かた》で、真実《しんじつ》に近《ちか》い話《はなし》をしたいと思《おも》っているのに……。

「そっか、女《おんな》の子《こ》なんだ、倉橋《くらはし》んちのハムスターは」

「え……ハムスター……？　って言《い》ったっけ、わたし……」

最後《さいご》のほうの言葉《ことば》は、ほとんど小麦《こむぎ》のひとりごとだった。

「なに？　なあに？」

と、話《はなし》にくわわってきたのは、同《おな》じ班《はん》の戸田《とだ》かれんちゃん。

「倉橋《くらはし》の家《いえ》のハムスターが、おてんばだって話《はなし》」

と、星島君《ほしじまくん》が応《おう》じる。

（あの、ハムスターって、だれが……）

小麦《こむぎ》は胸《むね》のうちで、まだこだわっている。

「ハムスターねえ。わたしのいとこの家《いえ》では、イグアナを飼《か》ってるわよ。チャッピーって名前《なまえ》。イグアナなのにチャッピー！　わらっちゃうわよね。パパのおじいちゃんのところには、おしゃべりなインコがいるわ。電話《でんわ》のベルのものまねをするの。で、自分《じぶん》で出《で》るの、『もしもし、はい、戸田《とだ》です』って。これも、わらえる！」

「へぇ、さすが！　じゃあ、戸田《とだ》さんちにもいるの？　なにか、めずらしいペットが」

星島君《ほしじまくん》の質問《しつもん》に、かれんちゃんが肩《かた》をすくめた。

「いないわ。うちはペット禁止《きんし》。ママもわたしも手《て》や足《あし》にキズをつけちゃいけないから、仕事上《しごとじょう》」

お母《かあ》さんがカリスマモデルで、そのむすめのかれんちゃんも芸能《げいのう》活動《かつどう》をしている。小麦《こむぎ》たちのクラスメイトのかれんちゃんは、人気《にんき》の子役《こやく》タレントでもあるのだ。

「星島君《ほしじまくん》ちは？　ペット飼《か》ってる？」

「ううん。うちも、弟《おとうと》が動物《どうぶつ》アレルギーで、ダメなんだ。ぼくは飼《か》いたいんだけど」

「やっぱりぃ!?　わかるぅ、その気持《きも》ちぃ！」

かれんちゃんは、星島君《ほしじまくん》の両手《りょうて》をにぎらんばかりに、机《つくえ》の前《まえ》から体《からだ》を接近《せっきん》させた。さすがに、手《て》はにぎらなかったが。

（もしかして、かれんちゃんは、星島君《ほしじまくん》のことが……？）

小麦《こむぎ》は思《おも》った。近《ちか》ごろ、小麦《こむぎ》と星島君《ほしじまくん》がおしゃべりしてると、やたらとかれんちゃんがわりこんでくるのは——そういうこと……？

「だから、倉橋《くらはし》の話《はなし》が気《き》になっちゃって。ハムスターの赤《あか》ちゃんなんて、育《そだ》てるの、大変《たいへん》だったでしょう？　小《ちい》さくて」

（星島君《ほしじまくん》とかれんちゃんなら、美男美女《びなんびじょ》で、おにあいかも……）

二人《ふたり》のことが気《き》になる小麦《こむぎ》は、

「うん、まぁ、そうね」

てきとうにうなずいてしまっていた。

4　ママがあんづくり!?

土曜日《どようび》。小麦《こむぎ》はダイニングテーブルで漢字《かんじ》ドリルの宿題《しゅくだい》をしていた。

リビングのソファでは、パパがゴルフの道具《どうぐ》の手入《てい》れ中《ちゅう》。その足《あし》もとを、コロネがかまってほしくて、ウロウロしている。さらに、コロネをからかいたいココモモが、ブンブン飛《と》びまわっているすがたは、パパには見《み》えていないはず。

カチャカチャッ。

カギが開《あ》く音《おと》がした。とたんに、げんかんへとかけていくコロネ。

コロネを追《お》って、ココモモも。

小麦《こむぎ》も顔《かお》をあげてふりかえり、（あれ？）と思《おも》った。（今《いま》、ココモモ、リビングから出《で》た？）

なぜだか、ココモモは、この家《いえ》の中《なか》でキッチン以外《いがい》の場所《ばしょ》に足《あし》をふみいれないのだ。

「ただいま」

ママが、コロネとココモモをしたがえ、リビングに入《はい》ってきた。

もちろん、ココモモのことはママは知《し》らないけど。

「おかえりなさい」

と、小麦《こむぎ》。

「おつかれ。どうだった、お父《とう》さん」

パパの問《と》いに、

「あぁ、うん」

ママが言《い》った。

「元気《げんき》だった」

ショルダーバッグを肩《かた》からはずしながら。

「とっても」

ママは、小麦《こむぎ》がひろげたノートをのぞきこんで、

「あら、勉強《べんきょう》してるのね、感心《かんしん》、感心《かんしん》」

続《つづ》いて、冷蔵庫《れいぞうこ》を開《あ》ける。

「もう、外《そと》は暑《あつ》くて。のどかわいちゃった」

コップに麦茶《むぎちゃ》をつぐと一気《いっき》にのみほした。

「あせかいたから、着《き》がえてくるわね」

寝室《しんしつ》に引《ひ》きあげようとするママに、それ以上《いじょう》たずねるのはむりなようだった。おじいちゃんのおみまいに行《い》ったママだけど、その話《はなし》はさけているみたいだ。


しばらくたって、小麦《こむぎ》が自分《じぶん》の部屋《へや》に、えんぴつけずりをとりにいき、もどったときのこと。

リビングの中《なか》から、パパとママのヒソヒソ声《ごえ》がひびいてきた。

「……見《み》ていられなかった……つらそう……」「だったら明日《あした》はぼくが……小麦《こむぎ》はどうする？」「しばらくやめたほうが……落《お》ちつくまで……」「そうだな」

二人《ふたり》の会話《かいわ》はとぎれとぎれにしか聞《き》こえなかった。でも、じゅうぶんだった。

リビングへは入《はい》らず、小麦《こむぎ》はそうっと部屋《へや》に引《ひ》きかえした。

（おじいちゃんのようす、よくないんだ……）

ベッドに腰《こし》をおろす。

「わーい!!　フワフワ！」

「えッ!?」

ココモモがいた!!　小麦《こむぎ》のふとんをトランポリンみたいにはねて遊《あそ》んでいる。

「なんで!?　ココモモ、どうして、わたしの部屋《へや》にいるの!?　こんなこと、初《はじ》めて！」

ココモモは、まくらをバネにビョーンッと、空中高《くうちゅうたか》くとびあがった。そのまま、ひょいっ、ひょいっと、見《み》えないおき石《いし》でもわたるように宙《ちゅう》を移動《いどう》している。

「プカプカいっぱい！　きっもちいいいっ!!」

「プカプカ？　なにそれ？　ココモモが部屋《へや》に来《き》たことと関係《かんけい》あるの？　さっきも、リビングからろうかへ出《で》てたよね？」

「あそぼっ、あそぼっ、あそぼっ、あそぼっ！」

めまぐるしく空間《くうかん》を動《うご》きまわるココモモを目《め》で追《お》いかけながら、小麦《こむぎ》はおねがいする。

「ココモモ、一度《ど》じっとしててちょうだい」

「ここに来《き》て。話《はなし》をしましょう。聞《き》きたいことや、聞《き》いてほしいこととかも、たくさんあるんだよ」

しかし、ココモモが小麦《こむぎ》のそばにおりてくるけはいは、まったくない。

「かくれんぼ！　かくれんぼ！　ココモモ、オニね。いーち！」

クルクルクル……、フィギュアスケーターよろしく空中《くうちゅう》でスピンしつづける、ココモモ。

「だれと遊《あそ》んでいるの？　わたしは遊《あそ》ばないよ。お話《はなし》しようと言《い》ってるの！」

クルクルクル……「にぃ！　さーん！」

「ココモモ！　ねえってば！　聞《き》いてる!?」

小麦《こむぎ》は、大《おお》きく、一つ、息《いき》をはいた。

（わたしがこんな気持《きも》ちでいるのに……。おじいちゃんのことも……ココモモは心配《しんぱい》じゃないのかな）

――やっぱり、人間《にんげん》じゃないから?――

見《み》あげると、ココモモは消《き》えていた。


次《つぎ》の日《ひ》、小麦《こむぎ》が起《お》きてきたら、キッチン中《じゅう》に、あまいにおいがただよっていた。

「ママ、どうしたの!?」

ふだんなら一番《いちばん》おそくまでねている日曜日《にちようび》の朝《あさ》に、ママが、台所《だいどころ》に立《た》っている。

小麦《こむぎ》は、ママが向《む》かっているなべの中《なか》をのぞきこんだ。すると、あかむらさき色《いろ》のあずきが煮《に》えていた。

「もしかして、あんこつくってるの!?」

「そっ」

と、答《こた》えるママはしんけんなまなざし。腰《こし》に手《て》をあて、なべいっぱいのあずきのようすを見守《みまも》っている。

「なんで急《きゅう》に!?」

「なんでって、小麦《こむぎ》が言《い》ったんじゃないの、あんこをつくれって」

「そりゃ言《い》ったけど、ママ、いやだって、あのときは」

「そう、あのときはね。でも、気《き》が変《か》わったの」

なべからは、クツクツクツ……、ジジジジジ……と、音《おと》がしている。

ふっくらたきあがった豆《まめ》のまわりには、白《しろ》いあわがふきでている。

「豆《まめ》はね、じゅうぶんやわらかくなるまでしっかりゆでないと、さとうを入《い》れたときにかたくなっちゃうのよ。それと、さとうは、ざらめね。さっぱりとした、上品《じょうひん》なあんこになるからね」

「ママ、すっごーい！」

「いや、じつは、ぜんぶ、そこに」

ママがしせんでしめしたテーブルの上《うえ》にあったものは、ノート。

小麦《こむぎ》はかけよって、そのノートを手《て》にとってみた。キャラクターの絵《え》もない、昔《むかし》ながらのデザインのノートだった。じっさいかなり古《ふる》そうで、うっすらと黄《き》ばんでいる。

表紙《ひょうし》にタイトルはないものの、中《なか》を開《あ》けると、ぎっしりと文字《もじ》がならんでいた。「イチゴジャムのつくり方《かた》」「カスタードクリームのつくり方《かた》」「サンドイッチの具《ぐ》　その①　たまご」「サンドイッチの具《ぐ》　その②　ポテトサラダ」……そして、あった、「あんこのつくり方《かた》　つぶあん・こしあん」

小麦《こむぎ》はつぶやく。

「この字《じ》、おばあちゃんの……」

「うん。あんこのつくり方教《かたおし》えて、ってたのんだらね、かしてくれたの」

「こんなノートあったんだ。知《し》らなかった」

「わたしもだよ。初《はじ》めて、見《み》た」

いつのまにかママも、小麦《こむぎ》の背中《せなか》ごしにノートを見《み》つめていた。

「前《まえ》に、小麦《こむぎ》が、『おじいちゃんはなぜパン屋《や》になったの？』って、わたしに質問《しつもん》したことがあったよね」

「うん。でも、ママもあんまりくわしくは知《し》らなくて、『ちょくせつ本人《ほんにん》に聞《き》いたら』って言《い》うから、聞《き》いたよ、おじいちゃんに。おばあちゃんのひとことで決《き》めたんだって」

「そうだってね。『パン屋《や》になればいいじゃない』って。そのあとにまだ続《つづ》きの言葉《ことば》があったのは、聞《き》いた？」

「ううん、知《し》らない！」

「あったんだって。そのころ、おばあちゃんは、短大《たんだい》を卒業《そつぎょう》して、おじいちゃんとの結婚《けっこん》が決《き》まっていたそうなの。でも、おじいちゃんが仕事《しごと》をやめ、パン屋《や》になる道《みち》を選《えら》べば、すぐには結婚《けっこん》できなくなるでしょう？　おじいちゃんがまよう気持《きも》ちには、そんな事情《じじょう》もあったみたいなんだけど。おばあちゃんはカラカラわらって、『わたしはあなたより五歳《さい》も若《わか》い。だから、あなたは五年分《ねんぶん》、自由《じゆう》に使《つか》ってかまわない。それで、ようやく同時《どうじ》に人生《じんせい》が進《すす》む』と言《い》ったんだって！」

「うそぉ！　カッコイイ、おばあちゃん!!」

「でしょう!?　しかもね、わたしにもやりたいことがあるから、っておじいちゃんに伝《つた》えたらしいの」

「やりたいこと？」

「なんだと思《おも》う？」

たずねておきながら、ママは言《い》いたくてたまらないという顔《かお》。

「正解《せいかい》はこのノート！」

あんのじょう、考《かんが》える時間《じかん》もあたえず、答《こた》えを教《おし》える。

「五年《ねん》のあいだに、おじいちゃんは、ヨーロッパを旅《たび》したり、一番《いちばん》すきな味《あじ》のお店《みせ》に弟子入《でしい》りしたりと、パンの修業《しゅぎょう》をつんだらしいわ。

でも、それはおじいちゃんだけじゃなかった。

おばあちゃんも、修業《しゅぎょう》をしていたの。料理学校《りょうりがっこう》に通《かよ》い、家《いえ》でも毎《まい》日研究《にちけんきゅう》をした。おじいちゃんといっしょにパン屋《や》になるためにね。クリームやあんこ、パンの具《ぐ》は、すべて自分《じぶん》が手《て》づくりできるように――。このノートは、その努力《どりょく》の結晶《けっしょう》――」

「カッコよすぎ!!」

小麦《こむぎ》はバンザイする。まいりました、のポーズだ。

「二人《ふたり》でボンジュールの味《あじ》をつくったんだな、って思《おも》った……」

と言《い》いながら、ママはあずきのなべのもとへもどった。

「そんな話《はなし》、いつ、したの?」

「きのう。おじいちゃんのおみまいの帰《かえ》り。病院《びょういん》へ行《い》ったら、おばあちゃんも来《き》ていて。いっしょに帰《かえ》ってきたのよ」

「ふぅーん。そっか」

おじいちゃんの状態《じょうたい》をたずねるチャンスとも思《おも》ったが……。

小麦《こむぎ》は、ママの横《よこ》に立《た》って、言《い》った。

「お手伝《てつだ》いしようか？」

「ううん。いい。ひとりでつくるから。これは」

強《つよ》い思《おも》いがこもったようなママの口調《くちょう》だった。

「かわりに、小麦《こむぎ》には、このあんこで、あんパン焼《や》いてほしいな」

「もちろん！　あ、けど、明日《あした》でもいい？　今日《きょう》は愛理《あいり》ちゃんと遊《あそ》
ぶやくそくしてるんだ」

「うん、一日《にち》おいたほうが、あんこも味《あじ》がおちつくから、ちょうど

いいわ」

と、ママはヘラでなべをかきまぜる。ていねいに。ゆっくりと。

「こうして、じっくり時間《じかん》をかけないと、おいしいあんこにはならないって、ノートに書《か》いてある。『手間《てま》をおしまない』『急《いそ》いではダメ』」

自分自身《じぶんじしん》に言《い》いきかせるみたいにつぶやき、ママはあんこを煮《に》つづけている……。

5　それぞれのひみつ

愛理《あいり》ちゃんと遊《あそ》んだ帰《かえ》り、夕方《ゆうがた》、小麦《こむぎ》がマンションの一階《かい》でエレベーターに乗《の》りこむと、エントランスの入《い》り口《ぐち》に、風香《ふうか》ちゃんと、風香《ふうか》ちゃんのお母《かあ》さんがあらわれた。小麦《こむぎ》は「開」のボタンをおして、二人《ふたり》がとうちゃくするのを待《ま》ってあげる。

「ありがとっ、ありがとう！」

風香《ふうか》ちゃんの手《て》をつなぎ、小走《こばし》りでエレベーターに入《はい》ってきた山《やま》

下《した》さんが、小麦《こむぎ》にお礼《れい》を言《い》った。

「こんにちは」

小麦《こむぎ》はあいさつをし、

「おでかけ？」

風香《ふうか》ちゃんに、なにげなくたずねた。

すると、風香《ふうか》ちゃんの顔《かお》がみるみるうちにゆがんでいく。

「……お兄《にい》ちゃん……負《ま》けちゃった……」

あっ、と、小麦《こむぎ》は小《ちい》さく息《いき》をのんだ。

「翔君《かけるくん》の試合《しあい》、今日《きょう》だったんだ？」

「そうなのよ。で、おうえんに行《い》ったんだけどね。初《はじ》めての試合《しあい》で、あの子《こ》でもきんちょうしちゃったのかしらね。フフッ。打《う》たれた、打《う》たれた。コテンパン」

お母《かあ》さんがわらう。

いっぽう、風香《ふうか》ちゃんはしゃくりあげ、鼻《はな》をすする。

「ほらぁ、もう、なかないの。風香《ふうか》がメソメソしたら、お兄《にい》ちゃんも悲《かな》しくなるよ。さぁ、おいしいものつくって、翔《かける》が帰《かえ》ってくるの待《ま》っていよう。お兄《にい》ちゃんは食《た》べれば元気《げんき》になるんだから。ねっ、だいじょうぶ」

うなずき、手《て》のこうでなみだをぬぐう、風香《ふうか》ちゃん。

「じゃぁね、小麦《こむぎ》ちゃん、お先《さき》に」

山下《やました》さん親子《おやこ》は、三階《かい》でエレベーターをおりていった。

家《いえ》では、ママのあんこが完成《かんせい》していた。

「うわぁ、じょうずにできたね。味見《あじみ》してみてもいい」

オッケーをもらう前《まえ》に、小麦《こむぎ》は、ひとさじあんこをすくった。

「うんッ、おいしい！　あまさもちょうどいいよ。やっぱり自家製《じかせい》はちがうねぇ」

と、何度《なんど》も味見《あじみ》をくりかえす小麦《こむぎ》に、さすがにママからストップがかかる。

「ちょっと、ちょっと！　あんパンつくる前《まえ》になくなっちゃうじゃないの」

ママは、小麦《こむぎ》の前《まえ》から、あんこの入《はい》ったなべをとりあげる。

「あぁ、最後《さいご》に、もうひとくちぃ！」

小麦《こむぎ》は、スプーンをにぎる手《て》をのばしたけれど、

「ダーメ！」

つれなくママにことわられ、しかたなく、からのスプーンをなめた。みれんたらしく。

だって、できたてをなべからすくって食《た》べる味見《あじみ》は、格別《かくべつ》においしい。それも、ママが、初《はじ》めてつくってくれたあんこだもの。

「これで、おしまい！」

と、小麦《こむぎ》は、いっしゅんのスキをつき、ママがうばいさったなべから、もうひとさじあんこをぬすんで口《くち》に入《い》れた。

「あっ！　もうっ」

ママににらまれ、ニタァとわらう、小麦《こむぎ》。

「そういえば、今《いま》、エレベーターで山下《やました》さんに会《あ》った」

ママの気《き》をそらすつもりでもなかったが、思《おも》いだして小麦《こむぎ》は言《い》った。

「お仕事《しごと》の帰《かえ》りかしら」

「ううん、たぶん今日《きょう》はお休《やす》みだったと思《おも》うよ。翔君《かけるくん》の野球《やきゅう》のおうえんに行《い》ったって話《はな》してたから。ピッチャーで試合《しあい》に出《で》たらしいんだけど、負《ま》けちゃったんだって。風香《ふうか》ちゃんがないてた。ほんとうに、あの子《こ》、お兄《にい》ちゃん思《おも》いだよねぇ」

「そうね」

「お父《とう》さんはいなかったな。最近見《さいきんみ》かけない。ママは？ 会《あ》う？」

返事《へんじ》がない。聞《き》こえなかったのかと、小麦《こむぎ》は問《と》いなおした。

「山下《やました》さんのおじさんに会《あ》う？」

またしてもママはなにも答《こた》えなかった。

やがて、

「話《はな》しておいたほうがいいわね」

ママが自分《じぶん》にかくにんするみたいにつぶやき、ダイニングテーブルのイスを引《ひ》いた。小麦《こむぎ》にもすわるようにうながす。

軽《かる》いおしゃべりのつもりでたずねただけなのに、ママのこの、あらたまったようすに、小麦《こむぎ》はとまどった。

「なに？　話《はな》しておいたほうがいい、って……」

ママと向《む》きあってすわる。

「あのね。山下《やました》さんのおうちのことだけど。……離婚《りこん》したそうよ」

「えっ!?」

「だいぶ前《まえ》からお父《とう》さんは家《いえ》を出《で》てしまっていたの」

「そうなの!?　ぜんぜん、知《し》らなかったよ！　翔君《かけるくん》たち、なんにも言《い》ってなかったし、ようすも変《か》わらなくて……。わたし、まったく気《き》がつかなかった」
翔君《かけるくん》と風香《ふうか》ちゃんの兄妹《きょうだい》とは、このマンションにくらすようになってすぐ、敷地内《しきちない》の公園《こうえん》で遊《あそ》ぶうちになかよくなった。翔君《かけるくん》たちのお母《かあ》さんは看護師《かんごし》さんで、働《はたら》く母親同士《ははおやどうし》も意気投合《いきとうごう》し、小《ちい》さなころからずっと家族《かぞく》ぐるみのつきあいが続《つづ》いている。

みんなでバーベキューもやったし、ウォータースライダーのあるプールへもいっしょに行《い》った。プールへは、山下《やました》さんちのおじさんが連《つ》れていってくれた。このとき、一番《いちばん》はしゃいでいたのは、なにをかくそう、おじさんだった。まるで子《こ》どもが四人《にん》いるみたいに、あの日《ひ》は楽《たの》しかった。

カッコよくて、おもしろくて、友《とも》だちのようなお父《とう》さんを、翔君《かけるくん》も風香《ふうか》ちゃんも、大《だい》すきなはず――。

「なんにもなかったように、ふつうにすごしてるよね、あの子《こ》たち……、がんばってる、すごく」

しずかな声《こえ》でママが言《い》った。

「ほんとうに、がんばってるの、みんな――。お父《とう》さんも――」

「え……、おじいちゃんのこと……？」

ようやく、たしかめたかったことを小麦《こむぎ》はたずねられた。

「うん……。おじいちゃんね、今《いま》ね、大変《たいへん》なの。手術《しゅじゅつ》は成功《せいこう》したのよ、それはまちがいないの。でも、次《つぎ》の治療《ちりょう》がね。苦《くる》しそうなんだ。

薬《くすり》の副作用《ふくさよう》で、髪《かみ》もぬけちゃってるし、だいぶやせてしまって……。だけど、がんばってるよ——。がんばってるの——。そのすがた見《み》てたら……、むしょうにあんこを、わたしも、つくりたくなっちゃった」

ママが、両方《りょうほう》の目《め》のふちを、右手《みぎて》の人《ひと》さし指《ゆび》の腹《はら》でおさえた。

悲《かな》しいドラマや映画《えいが》以外《いがい》に、ママのなみだを、小麦《こむぎ》は初《はじ》めて見《み》た。

「ごめんね。だまっていて。今日《きょう》も、おみまいにはパパひとりで行《い》ってもらってるでしょう？　小麦《こむぎ》に知《し》らせることができなかった……」

「……うん」

いろいろなことを、「りょうかい」の意味《いみ》をこめて、小麦《こむぎ》はうなずいた。受《う》けとめきれないくらい大《おお》きなひみつばかりだったけれど。

小麦《こむぎ》は自分《じぶん》の部屋《へや》の窓辺《まどべ》に立《た》ち、外《そと》をながめていた。ここからは、マンションの正面《しょうめん》げんかんのわきにある小《ち》さな緑地《りょくち》が見《み》おろせる。今《いま》の時刻《じこく》は夜《よる》の八時《じ》ごろ。常夜灯《じょうやとう》に照《て》らされた光《ひかり》の泉《いずみ》のような芝生《しばふ》の中《なか》で、翔君《かけるくん》が、すぶりをしている。

ブゥンッ！　ブゥンッ！

翔君《かけるくん》がバットをふるたびに、空《くう》を切《き》る音《おと》がひびいた。

この場所《ばしょ》で翔君《かけるくん》が練習《れんしゅう》をするのはいつものことだ。野球《やきゅう》を始《はじ》めて

まもないころは、お父《とう》さんともよくキャッチボールをしていた。

そういえば、翔君《かけるくん》が話《はな》してくれたことがあった。

『オレさ、バイクに乗《の》っちゃった』

お父《とう》さんの運転《うんてん》するバイクの後《うし》ろに乗《の》せてもらったのだという。

『こわくなかった』

たずねる小麦《こむぎ》に、

『ううん、ちっとも。お父《とう》さんの背中《せなか》にしっかりつかまってたら、ぜったい安心《あんしん》だもん』

ほこらしげに、翔君《かけるくん》。

『気持《きも》ちよかったぜぇ！　マジ、風《かぜ》になった気分《きぶん》』

（また、翔君《かけるくん》が、お父《とう》さんのバイクに乗《の》ることはあるのかな……）

あればいい――小麦《こむぎ》は思《おも》った。

ありますように――心《こころ》の中《なか》の神様《かみさま》に、強《つよ》く、強《つよ》く念《ねん》じた。

ブウンッ！　ブウンッ！

翔君《かけるくん》のバットが鳴《な》いている。

（そして、次《つぎ》の試合《しあい》こそ勝《か》てますように！）

「いたっ」

左《ひだり》のほっぺたをつねられたような気《き》がして、小麦《こむぎ》は声《こえ》をあげた。

目《め》の前《まえ》を小《ちい》さなかげが横切《よこぎ》った。

「いるよ！」

「ココモモ！　いたの？」

「だから、いたって！　ずっと。ココモモはいたの！」

「あ、いや、そうじゃなくて、最初《さいしょ》の『いた』は『いたい』の意味《いみ》で……、ってか、今《いま》、わたしのこと、つねったよね？」

「見《み》て！　見《み》て！　ほらぁ！」

とつぜん、ココモモが、小麦《こむぎ》の勉強机《べんきょうづくえ》の回転《かいてん》イスの背《せ》もたれを、おしはじめた。

ココモモは力持《ちからも》ち。親指《おやゆび》ほどの体《からだ》のどこに、そんなパワーがあるのかふしぎだ。イスが、回《まわ》る！　回《まわ》る！

「やめて！　こわれちゃう！」

「見《み》て！　見《み》て！　ほらぁ！」

今度《こんど》は、蛍光灯《けいこうとう》のスイッチを、オフ、オン、オフ、オン……。部《へ》屋《や》の明《あ》かりが、消《き》えたり、ついたり、消《き》えたり、ついたり……。

「目《め》がチカチカする。ココモモ、ダメ！」

たなにならべられたぬいぐるみが、はしから次々《つぎつぎ》とゆかに落《お》ちていく。

リリリリリリリリッ……目《め》ざまし時計《どけい》が、けたたましく鳴《な》りだす。

「いいかげんにしてッ!!」

とうとう、めったにださないような大声《おおごえ》で、小麦《こむぎ》はどなった。目《め》ざましのベルを止《と》める。

「ふざけないでよ！　そんな気分《きぶん》じゃないのっ、わたし」

しんっとしずまりかえった部屋《へや》の中《なか》……。

波《なみ》うつカーテンのしわの後《うし》ろから、ココモモがおそるおそる顔《かお》をのぞかせた。

「おもしろい？」

「まだ言《い》ってるの？　だから、おもしろくない！」

「楽《たの》しくならない？」

「楽《たの》しいわけがないでしょう!?」

「小麦《こむぎ》、わらう? 楽《たの》しくなる? なにしたら、わらう?」

「えっ……」

そのとき、やっと、小麦《こむぎ》は気《き》がついた。

いたずらではないことを。

小《ちい》さな頭《あたま》と心《こころ》でせいいっぱい考《かんが》えた、これが、ココモモなりの自《じ》分《ぶん》へのはげましなのだ、と。

小麦《こむぎ》はココモモの前《まえ》に両手《りょうて》をさしだした。すると、小麦《こむぎ》がつくった、おわんの形《かたち》の手《て》のひらの上《うえ》に、ココモモがとびうつってくる。

小麦《こむぎ》になにも言《い》われなくても。

小麦《こむぎ》は、手《て》のうちのココモモをじっと見《み》つめた。ココモモも小麦《こむぎ》の顔《かお》を見《み》あげている。

「ココモモ。ごめん。どなったりして……。あのね、わたし、パンを焼《や》きたいの。翔君《かけるくん》や風香《ふうか》ちゃん、それとおじいちゃん、うん、おじいちゃんにはわたせないかもしれないけど……、それでも、焼《や》きたい。みんなのために……。いっしょに、ココモモもお手伝《てつだ》いしてくれる？」

「うんッ!!」

と、ココモモが、小麦《こむぎ》の手《て》の中《なか》で宙返《ちゅうがえ》りをした。

6　ナイスアイデア

よくじつ、月曜日《げつようび》の放課後《ほうかご》。小麦《こむぎ》は、家《いえ》へ帰《かえ》るとすぐに、あんパンづくりにとりかかった。

今日《きょう》はうすぐもりで、暑《あつ》さも、いくぶんやわらいでいる。キッチン内《ない》の気温《きおん》は二十七度《ど》。パンをつくるにも、酵母《こうぼ》が発酵《はっこう》するのにも、もってこいの温度《おんど》だ。

小麦《こむぎ》はつぶやく。

「うん、いい感《かん》じ」

手《て》にくっついてまとまりにくいこねはじめも、バターをくわえたぬるぬるの状態《じょうたい》のときも、小麦《こむぎ》はぐいぐい生地《きじ》をこねた。ココモモのダンスにあわせて。

作業台《さぎょうだい》の上《うえ》、小麦《こむぎ》の手《て》もとのわきで、腰《こし》に手《て》をあて、リズムをとる、ココモモ。

右《みぎ》に、一、二、三歩《ぽ》。左《ひだり》に、一、二、三歩《ぽ》。

そのステップといっしょに、右《みぎ》うでで一、左《ひだり》うでで二、また右《みぎ》うでで三、小麦《こむぎ》はパン生地《きじ》をおしだす。

一・二・三……、ゆらゆらゆれる、ココモモのドレスのすその動《うご》きと同《おな》じように、二・二・三……小麦《こむぎ》のうでが、今度《こんど》は生地《きじ》をおしもどしてくる。

ぴらぴらぴら、背中《せなか》の羽《はね》がはばたいて。

ピコピコピコ、触覚《しょっかく》みたいな頭《あたま》の先《さき》の丸《まる》い玉《たま》もはずんで。

ワンステップ、ツーステップ、スリーステップ。

一おし、二おし、三おし。

これが、ココモモダンス！

リズムに乗《の》って、楽《たの》しい気分《きぶん》でおどっているうちに、生地《きじ》はすっかりこねあがっているのだ。

小麦《こむぎ》は、生地《きじ》のかたまりにガラス棒《ぼう》の温度計《おんどけい》をさしこんだ。めもりは二十八度《ど》をしめす。ベストなこねあげ温度《おんど》。

そして、生地《きじ》のはしを両手《りょうて》で持《も》ちあげ、少《すこ》しずつひろげていき、かくにん。うすくのびた生地《きじ》の向《む》こう側《がわ》がすけて見《み》える。

「オッケー！　じょうでき！」

小麦《こむぎ》が、ココモモに向《む》けて右手《みぎて》の親指《おやゆび》を立《た》てた。すると、ココモモも同《おな》じポーズ。

いい感《かん》じのしあがりは、気温《きおん》が好条件《こうじょうけん》なためばかりじゃない。ココモモがお手伝《てつだ》いしてくれているから。ふざけずに、あばれずに、ココモモダンスもおどってくれた。

（きのうの、わたしの気持《きも》ちが、通《つう》じたみたい……）

思《おも》いが伝染《でんせん》した仲間《なかま》は、もうひとり、いや、一匹《ぴき》。コロネも、ひさしぶりに小麦《こむぎ》の足《あし》もとではねまわっている。

こねおわった生地《きじ》を丸《まる》くまとめて、うすく油《あぶら》をぬった深《ふか》いボウルに入《い》れる。ラップをかけ、いつものように窓辺《まどべ》におき、タイマーを四十分《ぷん》にセットして……。

「あら、二人《ふたり》とも、もうお休《やす》み？」

小麦《こむぎ》がふりかえると、ソファの上《うえ》でコロネが、そのコロネの背中《せなか》の毛《け》の中《なか》でココモモが、すでにひるねを始《はじ》めていた。

「はりきってお手伝《てつだ》いして、つかれちゃったかな、フフッ」

いっぽう、小麦《こむぎ》には、一次発酵《いちじはっこう》を待《ま》つあいだにも仕事《しごと》がある。あんこを丸《まる》める作業《さぎょう》だ。ママお手製《てせい》のあんを、一つ、四十グラムにはかって、十五個《こ》のあんこ玉《だま》をつくった。

と、左《ひだり》のほっぺたを、つんつんッ、小麦《こむぎ》はつつかれた。左肩《ひだりかた》にココモモが乗《の》っていた。

「起《お》きたの、ココモモ？　早《はや》いね。まだ五分前《ふんまえ》だよ」

「もういいよ」

「うん？　なにが？」

「ココモモ、目《め》がさめた。だから、パンももう起《お》きたって」

「はぁ？」

ココモモの言《い》っていることが、小麦《こむぎ》にはよくわからない。

すると、小麦《こむぎ》の肩《かた》をはなれて、ココモモが窓辺《まどべ》へと飛《と》んでいった。

パン生地《きじ》の入《はい》ったボウルのふちにおりたち、ラップの上《うえ》から中《なか》を見《み》おろしている。

「だって、まだタイマーも鳴《な》ってないし……」

と、半信半疑《はんしんはんぎ》で、小麦《こむぎ》がたしかめてみたら……。

「あれ？　もしかしてほんとうに？」

生地《きじ》はじゅうぶんにふくらんでいた。小麦粉《こむぎこ》をつけた人《ひと》さし指《ゆび》の先《さき》をそっとさしこんで、フィンガーテストをしてみる。指《ゆび》をぬいても、あなはちぢまず、ちょうどいい発酵《はっこう》ぐあいだ。

「ココモモの言《い》うとおり」

ハッとして、小麦《こむぎ》はキッチンのかべにかかっていた温度計《おんどけい》を、窓《まど》ぎわに移動《いどう》させた。たちまちめもりがあがって、三十度《ど》をこえる。

「そっか、同《おな》じ室内《しつない》でも、場所《ばしょ》によって気温《きおん》がちがうんだ！」

おじいちゃんのレシピに書《か》いてあった。発酵時間《はっこうじかん》はめやすだと。

小麦《こむぎ》が初《はじ》めてのパンづくりにちょうせんしだしたのは、春《はる》になりたての季節《きせつ》。そのころからずっと生地《きじ》をあたたかな窓辺《まどべ》で休《やす》ませているが、気温《きおん》にあわせることが必要《ひつよう》だったのだ。

発酵場所《はっこうばしょ》をうつすか、時間《じかん》を変《か》えるか、暑《あつ》い日《ひ》は少《すこ》し短《みじか》く、寒《さむ》い日《ひ》は少《すこ》し長《なが》く。ちかごろのパンがうまくできなかったのは、気温《きおん》は高《たか》めなのに時間《じかん》がそのままで、発酵《はっこう》しすぎてしまったせい。

「そうだったのね！　わかったよ。ありがとう。ココモモのおかげ。ココモモ、おてがら！　すごい!!」

「エヘヘ、エヘヘ、エヘヘ」

ココモモが、てれたみたいに、体《からだ》を右左《みぎひだり》にくねくねさせた。

「なんでわかったの？」

「なんでも。そう思《おも》ったから。みんなも言《い》ってたし」

「みんな？」

そのとき、ワンッ！　と、コロネがひと声《こえ》ほえた。

「ハイハイ、おしゃべりしている場合《ばあい》じゃないね、次《つぎ》の仕事《しごと》にうつらないと！」

せっかくここまでじょうずに発酵《はっこう》できても、グズグズしていては元《もと》も子《こ》もない。

一次発酵《いちじはっこう》した生地《きじ》をボウルからとりだし、五十グラムずつに切《き》りわけ、丸《まる》める。表面《ひょうめん》をはらせるように。くっつかないよう、間隔《かんかく》をあけてならべ、かたくしぼったぬれフキンを上《うえ》からふわっとかけて、十五分《ふん》のベンチタイム。

「待《ま》ってるあいだに、さっき気《き》がついた温度《おんど》と時間《じかん》のこと、ちゃんと書《か》いておこうっと」

小麦《こむぎ》はえんぴつをにぎり、レシピに向《む》かった。さいわい、おじいちゃんのレシピには余白《よはく》があり、いくらでも書《か》きたせる。

（あ……！　だから……）

レシピを受《う》けとったときの、おじいちゃんからの伝言《でんごん》を、小麦《こむぎ》は思《おも》いだした。

『白《しろ》い部分《ぶぶん》に、やりながら気《き》がついたことを、どんどん書《か》きこんでいって、小麦《こむぎ》のレシピにしなさい』

（おじいちゃんが言《い》ってたのって、きっと、こういうこと……）

「ハンハンハンハン、ルルル……」

フキンをかぶせたパン生地《きじ》の前《まえ》で、ココモモが歌《うた》っていた。

えんぴつを走《はし》らせる手《て》を休《やす》めて、小麦《こむぎ》はたずねた。

「前《まえ》も歌《うた》ってたね。なんの歌《うた》？」

「お手伝《てつだ》いの歌《うた》だけど……」

ココモモはボソッと答《こた》えて、けげんそうに首《くび》をひねる。

「ちがう？　これじゃない？」

すねたみたいにくちびるをとんがらかせ、

「でたらめの歌《うた》なんかじゃないもんっ！」

と、上《うえ》へ向《む》けて言《い》った。

「ココモモ？　ひとりでなにをおこっているの？」

ピピピピピッ……。

ベンチタイム終了《しゅうりょう》の合図《あいず》。

「うわぁ、いよいよ、成形《せいけい》だぁ。苦手《にがて》なんだよねぇ、どうも、これが……」

小麦《こむぎ》がまゆねをよせると、その顔《かお》がおもしろかったらしく、ココモモはたちまちきげんを直《なお》し、「シャワシャワシャワッ」、おなかに手《て》をあててわらう。

「わらいごとじゃないんだってば。ほんとうにむずかしいの」

小麦《こむぎ》は、ふぅーっと大《おお》きく息《いき》をはきだし、さっそく成形《せいけい》にチャレンジ。

一つ目《め》の生地《きじ》を、まずは軽《かる》く手《て》のひらでおしつぶす。真《ま》ん中《なか》にめんぼうをおいて、下方向《したほうこう》へグイッと、次《つぎ》に上向《うわむ》きにグイッと。たてながになった生地《きじ》を今度《こんど》は横《よこ》にして、また、下《した》と、上《うえ》へ、厚《あつ》みが同《おな》じになるようにのばしていく。すると、たいらに、丸《まる》く、生地《きじ》がひろがる。理想《りそう》の大《おお》きさは、あんこ玉《だま》よりひとまわり大《おお》きいくらい。まぁ、ここまではそうむずかしくない。問題《もんだい》は、この先《さき》……。まず、左手《ひだりて》の親指《おやゆび》と、人《ひと》さし指《ゆび》で、輪《わ》をつくる。その上《うえ》に、のばした生地《きじ》をのせる。あんこ玉《だま》を中央《ちゅうおう》におく。あんを少《すこ》しおしこむと、しぜんとまわりの生地《きじ》がせりあがる。そのせりあがった生地《きじ》を――

「あっ」

おしこむ力《ちから》が強《つよ》すぎたのか、指《ゆび》のあいだから、スポッと、あんこごと生地《きじ》が下《した》へ落《お》ちてしまった。

「ヤバッ、失敗《しっぱい》」

あわてて、ひろいあげる。

やりなおし。

今度《こんど》はすっぽぬけないように、親指《おやゆび》と人《ひと》さし指《ゆび》との輪《わ》を、ややきつめに小《ちい》さくした。せりあがった生地《きじ》の部分《ぶぶん》を、右手《みぎて》の親指《おやゆび》、人《ひと》さし指《ゆび》、さらに中指《なかゆび》も使《つか》って、たぐりよせる。左手《ひだりて》をちょっとずつ右《みぎ》方向《ほうこう》へと回転《かいてん》させながら、右手《みぎて》は、人《ひと》さし指《ゆび》、中指《なかゆび》、人《ひと》さし指《ゆび》……と……。

「あーん！　ムリ！」

おじいちゃんのレシピに、図入《ずい》りでつつみ方《かた》が出《で》ているが、そのとおりになど、とてもできやしなかった。

「もう一回《かい》。次《つぎ》はじょうずに！」

自分《じぶん》にハッパをかけるつもりで声《こえ》にだし、小麦《こむぎ》は二つ目《め》にちょうせん。

しかし、急《きゅう》に作業《さぎょう》がやさしくなるわけでもない。右手《みぎて》の、親指《おやゆび》はそのままで、人《ひと》さし指《ゆび》と中指《なかゆび》だけを使《つか》ってとじていくことが大変《たいへん》だし、さらに、左手《ひだりて》を回転《かいてん》させるなんて――

「できない！　むずかしすぎ！」

小麦《こむぎ》は、成形《せいけい》しおえた、いびつな二つの生地《きじ》をながめ、ガックリと肩《かた》を落《お》とした。

「あぁ……。こんなぶかっこうなの、あげられないよ……。すきなあんパンで翔君《かけるくん》をはげましたかったのに……」

首《くび》をはげしく横《よこ》にふった。

「ううんっ。弱音《よわね》をはいちゃダメ！　おじいちゃんもがんばってるんだから。わたしだって！」

りきんで、三つ目《め》の成形《せいけい》にとりかかろうとした、そのとき。

「見《み》て、見《み》てー」

ふぁーんと、ココモモが、小麦《こむぎ》の目《め》の前《まえ》をただよっていた。右手《みぎて》には、小《ちい》さく短《みじか》い剣《けん》のようなもの。柄《え》がまあるくて、ピンク色《いろ》の……

「あれ？　なんか、それ、どこかで見《み》たことがあるような……？」

と考《かんが》え、

「アッ！　わかった！　もしかして」

小麦《こむぎ》はひらめいたが、

「えっ！　でも、まさか!?」

おどろいて、作業台《さぎょうだい》に着地《ちゃくち》したココモモの頭《あたま》をかくにん、なおさらおどろいた。

それは、ココモモの頭《あたま》のてっぺんについている、ピンクの丸《まる》い玉《たま》だった。

「ど、どうしたの……？」

こわごわたずねる小麦《こむぎ》に、

「とれた」

ココモモは、なんでもない顔《かお》で答《こた》える。

「とれるの？　とれてもだいじょうぶなの？　いたくないの？」

「うん、ほら、こんな」

ココモモは、まるでさやの中《なか》におさめるように、剣《けん》の先《さき》を頭《あたま》のてっぺんにもどした。

「わっ！　もどるんだ!?」

「そうみたい」

丸《まる》い玉《たま》はとりはずすことができて、おまけに、先《さき》が剣《けん》になっていたとは！

びっくりなのは、ココモモ本人《ほんにん》が、そのことを今《いま》まで知《し》らなかったこと。

「クッ、ククククッ……、フフフフフ……」

小麦《こむぎ》は思《おも》わずわらってしまった。

「アハハハ……」

「よかった、やっと、小麦《こむぎ》が楽《たの》しい顔《かお》」

「え？」

「こわい顔《かお》でつくったら、おいしいパンにならないよ」

「あ……」

（ほんとうだ……！　わたしったら、うまくやらなきゃってことば

かり気《き》にして、体《からだ》にも、心《こころ》にも、よけいな力《ちから》が入《はい》っていたみたい）

「そうだね。かたい気持《きも》ちでつくったパンが、ふっくら焼《や》けるはずないよね。ココモモに言《い》われて初《はじ》めて、すごく大事《だいじ》なことがわかった気《き》がする」

「ココモモ、えらい？」

「うん。えらい、とっても！」

「おてがら？」

「おてがら！　おてがら！」

「エヘヘ、エヘヘ、エヘヘ」

ココモモは、てれたときのポーズで、体《からだ》を左右《さゆう》にくねくねさせる。

頭《あたま》のてっぺんのピンクの玉《たま》に手《て》をやった。引《ひ》きぬいた剣《けん》を、前《まえ》へ、右《みぎ》へ、左《ひだり》へと、ふりかざした、フェンシングのように。

「見《み》て、見《み》てー！　ココモモの武器《ぶき》！」

「あっ、それはよくない」

おてがらだったたのもつかのま、ココモモは、ふだんのおてんばむすめにぎゃくもどり。

「エイッ！　ヤッ！」

「その剣《けん》、切《き》れるかどうかわからないけど、あぶないよ。もし、切《き》れたら、ケガ──アアッ!!」

小麦《こむぎ》が絶叫《ぜっきょう》したのは、目《め》の前《まえ》で、成形《せいけい》したパン生地《きじ》がまさに痛手《いたで》をおったからだ。ココモモがふりまわしていた剣《けん》があたってしまった、二か所《しょ》も。

「あっ」と、ココモモも小《ちい》さく声《こえ》をあげた。

「ごめんなさい。でも、わざとじゃないよ」

ココモモのいいわけに、小麦《こむぎ》は答《こた》えなかった。

「ココモモ、わざとやってない」

ただじっと、小麦《こむぎ》は、キズを受《う》けた生地《きじ》を見《み》つめていた。

きれいにつつめなかったその形《かたち》は、ゆがんだ三角《かく》おにぎりのようだった。右下《みぎした》の部分《ぶぶん》を真横《まよこ》に、左上《ひだりうえ》の部分《ぶぶん》にはななめに、どちらも浅《あさ》くではあるが、切《き》りこみが入《はい》っている。

「ほんとうだよ。手《て》がすべっちゃったの、エイッ、ヤッ、って……」

「ねぇ、ココモモ、これ、うさぎに見《み》えない？　たとえば、こんなふうにしたら……」

小麦《こむぎ》は、切《き》れた左上《ひだりうえ》を、長《なが》い耳《みみ》の形《かたち》に整《ととの》えた。右下《みぎした》は、短《みじか》いしっぽの形《かたち》にする。

「ええと、目《め》は……、たしか、あったと思《おも》うんだけど……」

引《ひ》きだしをゴソゴソさせて、中《なか》からドレンチェリーをさがしだす。

「ちょっと大《おお》きいかな」

小《ちい》さくカット。それを、生地《きじ》の、真《ま》ん中《なか》よりも左《ひだり》はし、下《した》の位置《いち》においてみた。

「やっぱりぃ！　ほらぁ！　うさぎだよ!!」

できそこないのあんパンが、赤《あか》い目《め》の、うずくまったうさぎにへんしん。

「でも、だいぶ太《ふと》めねぇ」

少《すこ》し考《かんが》えて、

「そっか、最初《さいしょ》から……」

小麦《こむぎ》は、成形前《せいけいまえ》の生地《きじ》の一つを、めんぼうでのばしはじめた。上下《じょうげ》にだけ。たてながのだえんけいになるように。その生地《きじ》の上半分《うえはんぶん》に、あんこ玉《だま》をおく。

「いや、ちょっと横《よこ》にずらしたほうがいいかも。前《まえ》の部分《ぶぶん》に切《き》れ目《め》を入《い》れて耳《みみ》をつくると、あんこが出《で》ちゃうもんね」

あんの位置《いち》を決《き》めたら、下《した》の生地《きじ》を上《うえ》へとあげて、あんをつつんだ。ちょうど、おわんをさかさにふせたみたいな形《かたち》になる。まわりをのりづけするように、親指《おやゆび》の腹《はら》でおしてとじる。

「さぁ、ココモモの出番《でばん》よ！」

小麦《こむぎ》の作業《さぎょう》をあっけにとられてながめていたココモモは、とつぜん自分《じぶん》の名前《なまえ》をよばれて、おどろいて顔《かお》をあげた。

「ココモモの？　出番《でばん》？」

「ここと、ここを、エイッ、ヤッ、って、やってちょうだい、そのピンク玉《だま》の剣《けん》で」

「えッ、いいの!?」

「うん。ただし、左上《ひだりうえ》は、ななめに、細長《ほそなが》くね。右下《みぎした》は、真横《まよこ》に、小《ちい》さく。おねがいします」

うなずき、頭《あたま》のてっぺんに右手《みぎて》をもっていったココモモ。ピンク玉《だま》の柄《え》をつかんで、剣《けん》をだす。そして、今度《こんど》は悪《わる》ふざけではなく、しんちょうに剣《けん》をふるった。

「エイッ、ヤッ」

ココモモが入《い》れた切《き》れ目《め》を、小麦《こむぎ》が手早《てばや》く整《ととの》えた。耳《みみ》としっぽができ、目《め》の場所《ばしょ》に赤《あか》いドレンチェリーをおしこんで——

「うさぎの完成《かんせい》!!」

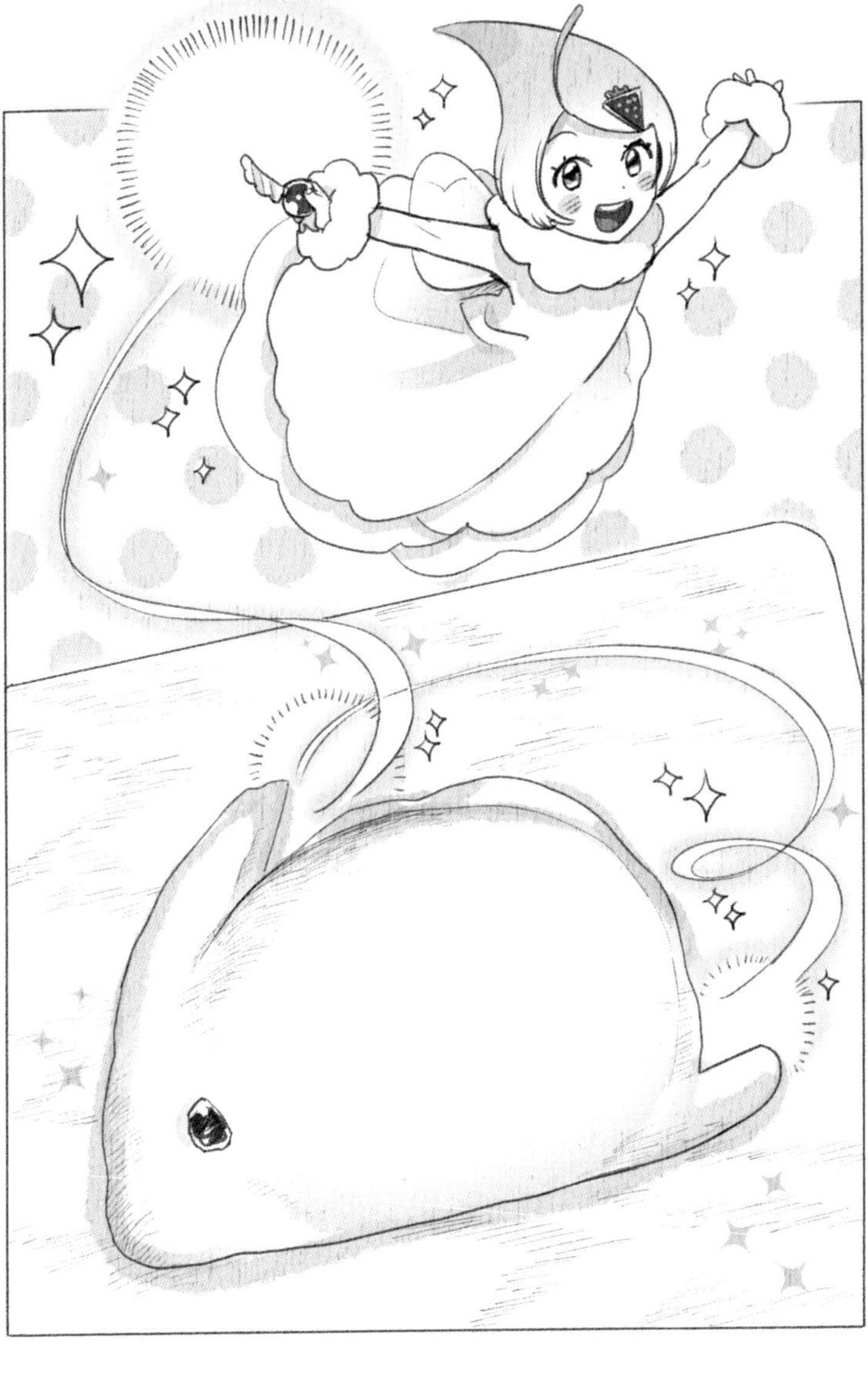

「わぁ!!」

と、ココモモ。

「うさぎ！　うさぎだ！　うさぎパン!!」

「そうだね！　ボンジュールのうさぎパンは、顔《かお》だけのうさぎで中《なか》はクリーム。これとはちがうけど、これだって、うさぎパンだよ。しかも、あんパン！　わたしとココモモのオリジナル、うさぎ・あんパン!!」

「小麦《こむぎ》とココモモのオリジナル!!　うさぎ・あんパン!!」

くりかえしとなえると、ココモモがうれしさのあまり空中《くうちゅう》にとびだした。

「うさぎ・あんパン!!　小麦《こむぎ》とココモモの、うさぎ・あんパン!!　あんこのうさぎ!!」

そのときだった。

ジュワジュワジュワ……　ジジジジジジ……　チュクチュクチュク……

音《おと》が聞《き》こえた、かすかに。

小麦《こむぎ》たちをとりかこむ、こっちからも、あっちからも……。

鳥《とり》のさえずりのような、風《かぜ》のそよぎのような、小川《おがわ》のせせらぎのような……。

小麦《こむぎ》はあたりをうかがったが、なにも見《み》えなかった。

（だけど、いる。なにかがおおぜい）
目《め》をつぶり、耳《みみ》をすました。
チュチュチュチュ……　ジュジュジュジュ……　シュワジュワジュワシュワ……
（よろこんでる。うれしいね、っておしゃべりしている）
言葉《ことば》を聞《き》いたわけではなかったけれど、小麦《こむぎ》にはそう感《かん》じられた。
ふと、とじたまぶたのうら側《がわ》に風景《ふうけい》がうかびあがった。
ボンジュールのちゅうぼうだ。おじいちゃんがひとりでパンを焼《や》いている。
ううん、ひとりじゃない。おじいちゃんのまわりには、たくさんの光《ひかり》のつぶのようなもの……。わらってる。手《て》をたたいてる。はしゃいでる。
おじいちゃんの肩《かた》の近《ちか》くを、黒《くろ》くて、小《ちい》さな……
（あぁ、それ以上《いじょう》、思《おも》いだせない。なんだっけ。なにかを見《み》た気《き》がする……）
うんと子《こ》どものころに――。
「うさぎ・あんパンだよぉー！　すごいでしょう？　見《み》て、見《み》て！
プカプカ」
「プカプカ!?」
ココモモの声《こえ》に、小麦《こむぎ》はあわてて目《め》を開《あ》けた。

（もしかして!!）と、小麦《こむぎ》は思《おも》った。

（このざわめきが、プカプカ!?　わたしにも、プカプカがいるのがわかった!?）

「ワンッ!!　ワワンッ!!」

コロネにはプカプカがわからず、なかまはずれとおこったのか、あるいはとっくに知《し》っていたよゆうからなのか、とにかくコロネがひとほえして作業《さぎょう》の再開《さいかい》をうながす。

「ココモモ、これ、ぜんぶ、うさぎ・あんパンにしよう。あんパンがすきな翔君《かけるくん》にも、うさぎパンがすきな風香《ふうか》ちゃんにも、ちょうどいいよ！」

「うさぎ・あんパン!!　ぜんぶ、うさぎ・あんパン!!」

それから、小麦《こむぎ》とココモモは協力《きょうりょく》しあって、残《のこ》りの生地《きじ》をうさぎに成形《せいけい》した。そのあいだじゅう、小麦《こむぎ》はプカプカのけはいをうっすらと感《かん》じていた。

オーブンシートをしいた天板《てんぱん》に、うさぎの形《かたち》の生地《きじ》をならべる。約《やく》三十分《ぷん》、かたくしぼったぬれフキンをかけて待《ま》つ。小麦《こむぎ》はわすれないうちに、レシピのあいたスペースに、オリジナルうさぎ・あんパンの成形《せいけい》のしかたをメモした。

一・五倍《ばい》くらいにふくらんだ生地《きじ》一つ一つに、といたたまごをまんべんなくぬっていった。

最後《さいご》に、百八十度《ど》にあたためておいたオーブンに天板《てんぱん》を流《なが》しいれ、タイマーを十二分《ふん》にセット。

「ふっくら焼《や》きあがりますように！」

小麦《こむぎ》は、両手《りょうて》を組《く》んでいのった。

ココモモも、小麦《こむぎ》の右肩《みぎかた》にのって同《おな》じかっこうをする。

頭《あたま》のてっぺんのピンク玉《だま》を見《み》て、小麦《こむぎ》は言《い》った。

「武器《ぶき》じゃないね、これは。パンをおいしくする、ココモモの魔法《まほう》のアイテムだよ」

ピンク玉《だま》の色《いろ》が、虹色《にじいろ》に光《ひかり》をはなった。

（あ！　また、魔法《まほう》がかかった！）

「ティンッ！」とオーブンが鳴《な》り、とりだしたパン――

はずかしそうにうつむいた、こんがり、つやつや、こがね色《いろ》のうさぎ――。

「うわぁ!!　かわいすぎて、食《た》べられない!!」

ところが、コロネが「ワンッ！　ワンッ！　ワンッ！」と、さいそく。

「はいはい、そうね、そう言《い》わずにお味見《あじみ》してみなくちゃね」

しかし、小麦《こむぎ》はなやんでしまう。

「うーん、どこから食《た》べよう？」

かくごを決《き》めて、

「うさぎさん、ごめんね！」

真《ま》ん中《なか》から二つにわった。

断面《だんめん》をかくにんしたら、あんこの上《うえ》に空洞《くうどう》ができている。じょうずに焼《や》けたしょうこだ。

かじってみた。

もっちりとした歯《は》ごたえ。こうばしいパンの味《あじ》といっしょに、あんこのあまみが、ほろっ、と、口《くち》の中《なか》にひろがった。

「うんッ、じょうでき!!」

コロネにも、耳《みみ》のあたりをおすそわけ。ざんねんながら、ダイエット中《ちゅう》のコロネに、あんこはあげられない。

ココモモは、食《た》べてみることはしないで、元気《げんき》に宙《ちゅう》を飛《と》びまわっている。おそらくプカプカといっしょに。

小麦《こむぎ》は思《おも》った。

(味見《あじみ》をしなくても、おいしいとわかってるんだね、ココモモには)

7 小麦《こむぎ》(とココモモ)のうさぎ・あんパン

焼《や》きたてを食《た》べてもらいたくて、パンができてすぐに小麦《こむぎ》は、マンションの三階《かい》の山下《やました》さんの部屋《へや》へと向《む》かった。

チャイムをおすと、インターホンに応《おう》じたのは翔君《かけるくん》だった。でも、いきおいよくドアを開《あ》け、真《ま》っ先《さき》に顔《かお》をのぞかせたのは、風香《ふうか》ちゃん。

「いらっしゃい、小麦《こむぎ》ちゃん、なんのご用《よう》?」

「ヨォッ」

と、その後《うし》ろから翔君《かけるくん》もあらわれる。

きっとお母《かあ》さんは仕事《しごと》で留守《るす》なのだろう。それは、小麦《こむぎ》の家《いえ》と同《おな》じだ。

(だけど……)

小麦《こむぎ》は、げんかんの向《む》こうを見《み》やった。

(お父《とう》さん、いない。もう帰《かえ》ってこないんだ……)

いっぽう、風香《ふうか》ちゃんの目《め》は、小麦《こむぎ》が手《て》にしている紙《かみ》ぶくろにそそがれている。

小麦《こむぎ》は気《き》をとりなおして、

「あの……、パンを焼《や》いたので持《も》ってきました」

ふくろをさしだした。

「わっ、なにパン？」

と、風香《ふうか》ちゃん。

「あんパン……？　いや、うさぎパン？」

「どっちなんだよ？」

ひやかすような翔君《かけるくん》の言葉《ことば》と、

「え！　うさぎパン!?」

という風香《ふうか》ちゃんの声《こえ》とがかさなった。

とびつくようにふくろを受《う》けとり、風香《ふうか》ちゃんは、すぐに中《なか》を開《あ》けにかかった。その期待《きたい》の大《おお》きさに、あわてて小麦《こむぎ》は説明《せつめい》した。

「あっ、でもね、うさぎパンって言《い》っても、ボンジュールのじゃなくてね、中《なか》はあんこで――」

風香《ふうか》ちゃんがふくろからパンを一つだしてながめている。

「これがうさぎパン……？」

疑問符《ぎもんふ》がついたみたいな翔君《かけるくん》の言《い》いように、小麦《こむぎ》は少《すこ》し自信《じしん》がなくなってくる。

「見《み》えないかな……？　わたしが考《かんが》えたんだけど……」

「見《み》えるよ！　ぜったいに、うさぎ!!」

風香《ふうか》ちゃんがさけんだ。

「かわいい!!　すごく!!」

「だよねっ?」

と、小麦《こむぎ》も。

「かわいくて、食《た》べられないよ」

「だよねっ!?　だよねっ!?」

いとおしむように、うさぎパンの表面《ひょうめん》をなでる風香《ふうか》ちゃんに、小《こ》
麦《むぎ》はすっかりうれしくなる。

すると、

「だったら、オレが食《た》べてやる」

翔君《かけるくん》が風香《ふうか》ちゃんの手《て》からパンをうばい、がぶりっ。しかも、頭《あたま》

から！

「アアアーッ!!」

風香《ふうか》ちゃんが悲鳴《ひめい》をあげる横《よこ》で、翔君《かけるくん》は口《くち》をもぐもぐ。

「……どう？」

小麦《こむぎ》がたずねると、風香《ふうか》ちゃんも返事《へんじ》を待《ま》つように翔君《かけるくん》の顔《かお》を見《み》あげた。

翔君《かけるくん》は、がぶっ。もぐもぐ。がぶっ。もぐもぐ。……とうとう、ぜんぶたいらげて、うさぎはあとかたもなくすがたを消《け》した。翔君《かけるくん》のおなかの中《なか》に。

「ねぇ、味《あじ》はどう？」

質問《しつもん》をくりかえす小麦《こむぎ》に向《む》かって、

「ありだな」

ニヤッとわらう、翔君《かけるくん》。

「あんこのうさぎパン、あり！　うまい！」

「……よかったぁ！」

「小麦《こむぎ》ちゃんが自分《じぶん》で考《かんが》えたの？」

風香《ふうか》ちゃんが感心《かんしん》する。

「うん。わたし――」

心《こころ》の中《なか》で小麦《こむぎ》は続《つづ》けた。

（とココモモ）

「――の、オリジナルうさぎ・あんパンだよ」

「すごぉい!!」

「うまいから、もう一個《こ》、食《た》べちゃおうっと」

「ダメー!!　お兄《にい》ちゃんの分《ぶん》はそれでおしまい」

風香《ふうか》ちゃんがパンの入《はい》ったふくろを背中《せなか》にかくした。

「なんだよ、まだいっぱいあるだろ？　よくばるなよ」

「ダメったら、ダメー!!」

「風香《ふうか》のケチ！」

「ケチでもいいもんっ」

にげるみたいに風香《ふうか》ちゃんは家《いえ》の奥《おく》へとかけていってしまう。

やれやれ、という顔《かお》をしてみせる翔君《かけるくん》が言《い》った。

「ありがとな。ひさびさにうさぎパン食《た》べた。あんこも、ボンジュールの味《あじ》だった」

「えっ？　ほんとに？　あんこはお母《かあ》さんがつくったの」

「なんか、パワー出《で》てきたわー！　よしっ、今《いま》からランニング行《い》ってくる！　と思《おも》ったら、なぁんだ、雨《あめ》ふってきたじゃん」

翔君《かけるくん》のしせんを追《お》って、小麦《こむぎ》も背後《はいご》をふりかえる。マンションの通路《つうろ》の上空《じょうくう》は厚《あつ》い雲《くも》におおわれていた。そこから、ポツポツと、線《せん》のような雨《あめ》が……。

「しょうがねぇか、梅雨《つゆ》だもんな」

「お兄《にい》ちゃん！　お兄《にい》ちゃん！」

風香《ふうか》ちゃんがもどってきた。

「風香《ふうか》ね、名前《なまえ》つけたの、うさぎパンに。この子《こ》がメメで、こっちはくるりん。しっぽが、ほら、ちょっとクルって丸《まる》くなってるでしょう？　これは茶《ちゃ》ピーで――」

翔君《かけるくん》が、小麦《こむぎ》に耳《みみ》うち。

「名前《なまえ》つけたら、ますます食《た》べられなくなるのに」

「フフッ、そうだね」

自分《じぶん》の家《いえ》へと帰《かえ》りながら、小麦《こむぎ》は心《こころ》の中《なか》がほんわかしていた。

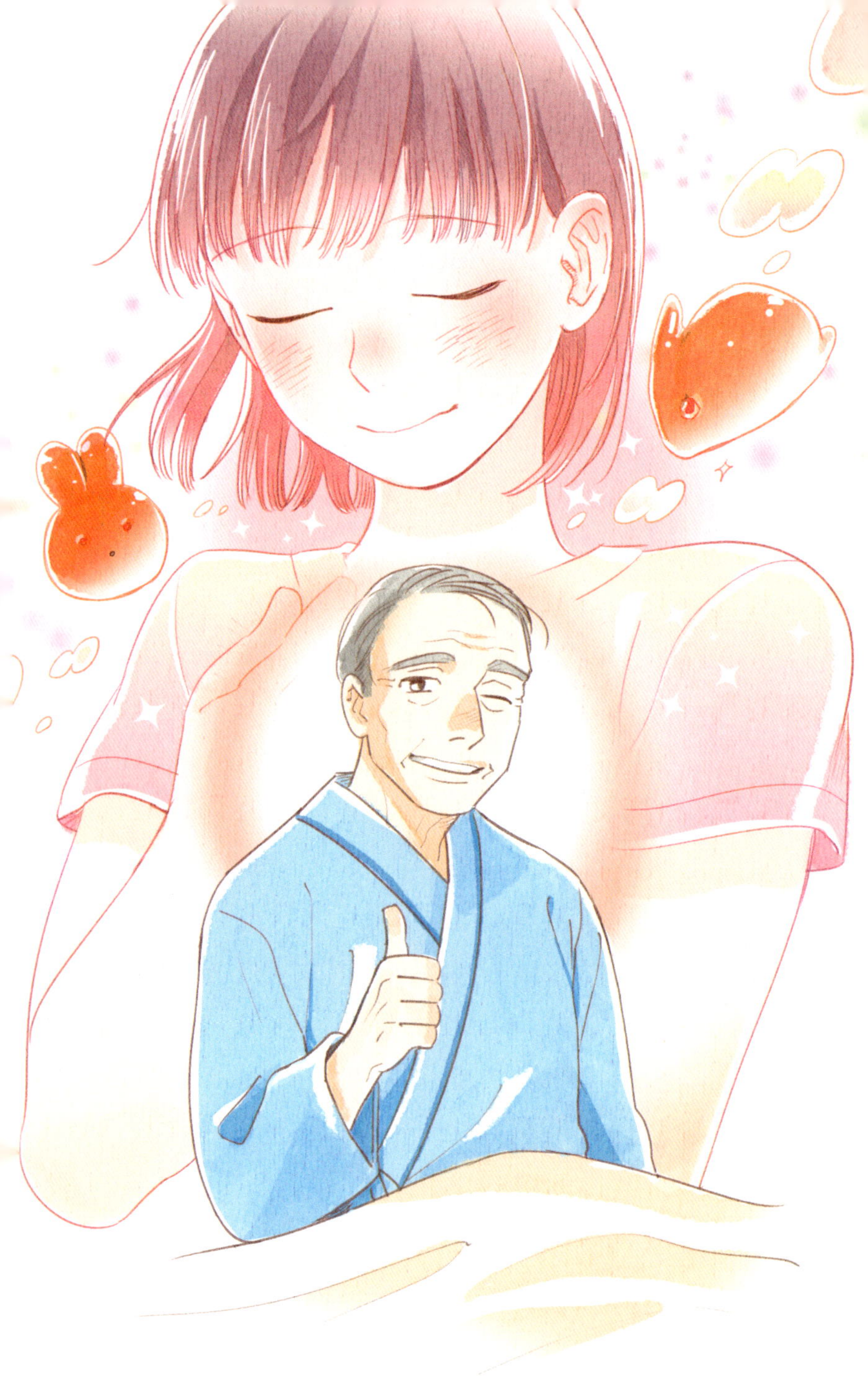

病院《びょういん》のおじいちゃんを思《おも》いうかべて、話《はな》しかける。

――おじいちゃん。ありだって！――

おじいちゃんは、ベッドにすわり、窓《まど》の外《そと》のけしきをながめている。

――わたしのうさぎ・あんパン、おいしいって言《い》われたよ。いつか、かならず、おじいちゃんも食《た》べてね――

ゆっくりと、おじいちゃんが顔《かお》を小麦《こむぎ》のほうへ向《む》けた。

――そして、ほんもののボンジュールのうさぎパンを、風香《ふうか》ちゃんたちにもう一度焼《どや》いてあげて――

おじいちゃんは右手《みぎて》の親指《おやゆび》を立《た》てた。ウインクする。

――やくそくだよ!!――

小麦《こむぎ》の つくってみよう！ うさぎ・あんパン

レシピ作成《さくせい》●吉澤《よしざわ》千《ち》晴《はる》

ドライイーストや
市販《しはん》のあんを使《つか》って
手軽《てがる》にできるつくり方《かた》を
紹介《しょうかい》するね！

★材料《ざいりょう》（15コ分《ぶん》）★

A
- 強力粉《きょうりきこ》　400g
- インスタントドライイースト　8g
- さとう　40g
- しお　4g
- スキムミルク　10g

バター　40g（室温《しつおん》にもどしておく）

B
- はちみつ　10g
- 卵《たまご》　1コ
- 水《みず》　200g

〈フィリング〉※中《なか》に入《い》れる具《ぐ》のこと
こしあん。または、つぶあん　600g
（お好《この》みで）

〈トッピング〉ドレンチェリー　2～3コ

1 ボウルにAの材料《ざいりょう》を入《い》れて軽《かる》くまぜます。それとは別《べつ》にBの材料《ざいりょう》を合《あ》わせて、はちみつをとかしておきます。

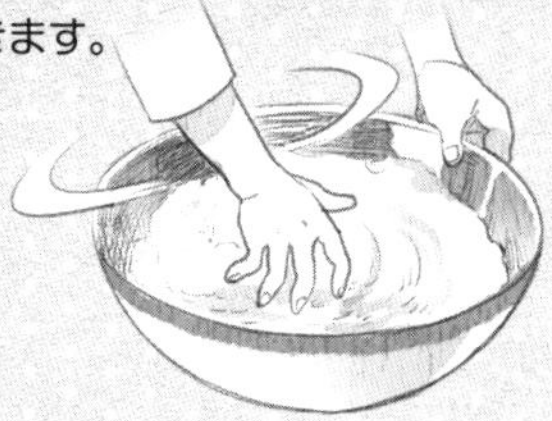

2 Bを①に入《い》れて、まぜあわせます。だいたいまざったら、ひとまとめにして台《だい》の上《うえ》に移《うつ》します。

3 2～3分《ぶん》こねたらバターを何回《なんかい》かに分《わ》けてくわえます。

バターは生地《きじ》にぬりつけるように！

4 約《やく》15分間《ふんかん》、生地《きじ》をこねたり、まとまってきた生地《きじ》のはしを持《も》って台《だい》にたたきつけたりします。

生地《きじ》のはしを両手《りょうて》で持《も》ち、少《すこ》しずつのばして広《ひろ》げて、向《む》こう側《がわ》がすけて見《み》えるようになればＯＫです。

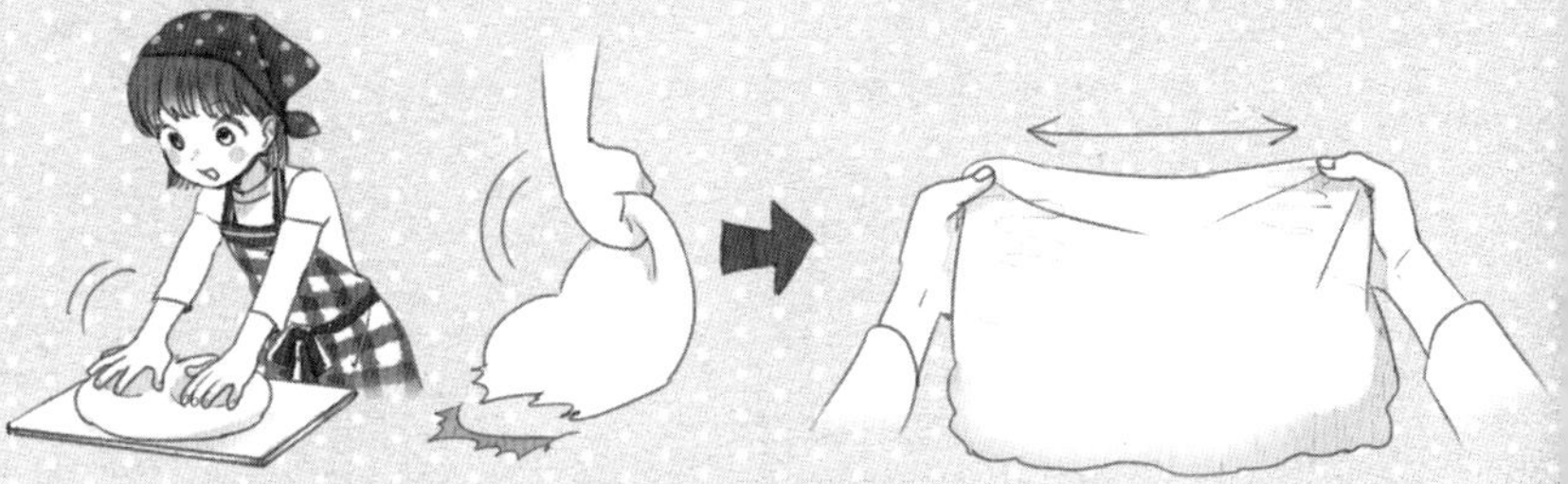

5 生地《きじ》をまとめて手《て》のひらにのせ、表面《ひょうめん》をはらせて、まくをはるように丸《まる》くします。

6 うすく油《あぶら》をぬった深《ふか》いボウルに生地《きじ》を入《い》れ、ラップをかけて暖《あたた》かい場所《ばしょ》に約《やく》40分間《ぶんかん》おきます（一次発酵《いちじはっこう》）。

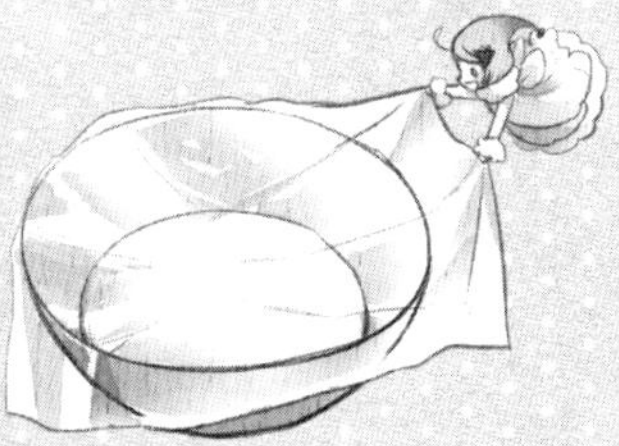

●フィンガーテストをしてみよう！

生地《きじ》がくっつかないよう、小麦粉《こむぎこ》をつけた人《ひと》さし指《ゆび》の先《さき》を、生地《きじ》の中《なか》にそっとさしこむ。指《ゆび》をぬいて穴《あな》がちぢまなければ発酵《はっこう》がうまくいっている合図《あいず》。ちぢんだら発酵《はっこう》がたりない証拠《しょうこ》なので、もう少《すこ》し時間《じかん》をおこう。

発酵《はっこう》に適《てき》した温度《おんど》は27～28℃くらい。40分間《ぶんかん》は目安《めやす》なので、時間《じかん》にこだわらずに、生地《きじ》の大《おお》きさが1.5倍《ばい》くらいになったら一次発《いちじはっ》酵《こう》は終《お》わりだよ。

7 あんを1コが40gになるようにはかり、15コに分《わ》けて、丸《まる》めておきます。

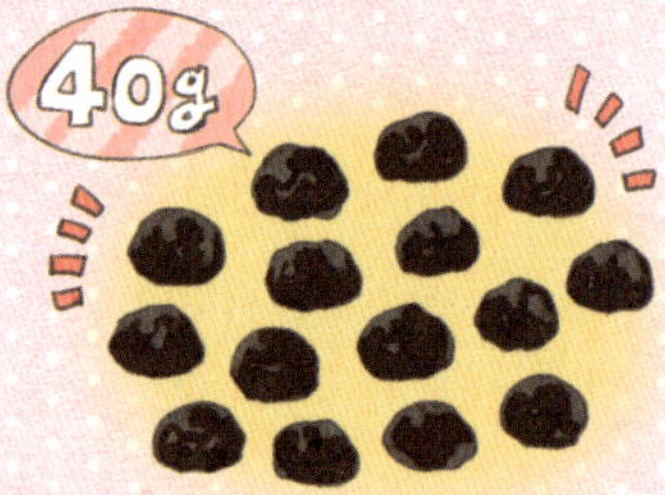

8 ボウルから生地《きじ》をとりだし、台《だい》の上《うえ》に移《うつ》して1コ50gに切《き》りわけます。

手《て》でちぎるのはダメ！
ほうちょうやハサミを使《つか》おう。

9 それぞれの表面《ひょうめん》を、はらせるように軽《かる》く丸《まる》め、くっつかないよう間隔《かんかく》をあけてならべます。

10 かわかないよう、固《かた》くしぼったぬれフキンを上《うえ》からふわっとかけて、15分《ふん》ほど休《やす》ませます。

この時間《じかん》をベンチタイムというよ。

11 めん棒《ぼう》で生地《きじ》をだ円形《えんけい》にのばし、その上《うえ》にあんをおきます。

下《した》の生地《きじ》を上《うえ》にあげて半分《はんぶん》に折《お》ります。

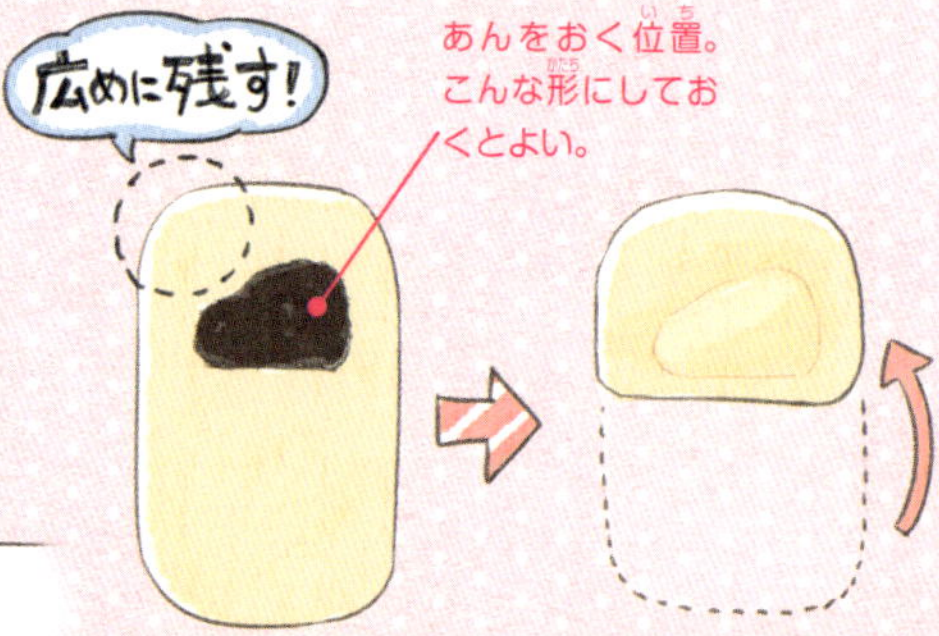
広めに残す！
あんをおく位置《いち》。こんな形《かたち》にしておくとよい。

はしから1cm内側《うちがわ》を親《おや》指《ゆび》の腹《はら》で強《つよ》めにおしてとじます。

あんが出《で》ないように生地《きじ》に耳《みみ》としっぽの切《き》れ目《め》を入《い》れます。

うさぎの目《め》の形《かたち》に小《ちい》さくカットしたドレンチェリーを生地《きじ》においておしこみます。

12 シートをしいた天板《てんばん》に間隔《かんかく》をあけてならべます。それから固《かた》くしぼったぬれフキンをかけて約《やく》30分間《ぶんかん》、生地《きじ》が1.5倍《ばい》くらいになるまで待《ま》ちます。

13 といた卵《たまご》を、うすくまんべんなくハケで表面《ひょうめん》にぬります。

14 あらかじめ180℃に温《あたた》めておいたオーブンで12分《ふん》焼《や》いたら…。

完成《かんせい》！
うわぁ♥、かわいい～!!
あんこのかわりにカスタードやチョコクリームを入《い》れてもおいしいよ！

＊オーブンを使《つか》うときは、おうちの人《ひと》といっしょに！　やけどなどに十分《じゅうぶん》気《き》をつけてね。

●あとがき●

あんパンは日本《にほん》の味《あじ》

現代《げんだい》のわたしたちが食《た》べているようなパンが日本《にほん》にもたらされたのは、室《むろ》町時代《まちじだい》。キリスト教《きょう》や鉄砲《てっぽう》などとともにヨーロッパから伝《つた》わった西洋文化《せいようぶんか》の一つとされています。ただ、ふくらまない、無発酵《むはっこう》のパンならば、起源《きげん》は、縄文《じょうもん》・弥生時代《やよいじだい》にまでさかのぼるようです。

さて、あんパンですが、日本《にほん》で誕生《たんじょう》したパンだという話《はなし》は有名《ゆうめい》です。明治《めいじ》の初《はじ》めに、銀座《ぎんざ》・木村屋《きむらや》の主人《しゅじん》とその息子《むすこ》が「日本独自《にほんどくじ》のパンを」とあみだしました。和菓子《わがし》をヒントに酒種《さかだね》を使《つか》い、日本《にほん》の国花《こっか》である桜《さくら》の花《はな》の塩漬《しおづ》けを真《ま》ん中《なか》にあしらったあんパンは大評判《だいひょうばん》となりました。木村屋《きむらや》では続《つづ》いてジャムパンを考案《こうあん》。そのどちらもが、今《いま》なお日本《にほん》の人々《ひとびと》に愛《あい》されつづけている味《あじ》です。

ちなみに、クリームパンも日本生《にほんう》まれです。考《かんが》えたのは中村屋《なかむらや》。シュークリームのおいしさをパンにできないかと思《おも》ったのがきっかけだそうです。カレーパンも、うずまき型《がた》のチョココロネだって、日本《にほん》のオリジナル。

日本人《にほんじん》は、外国《がいこく》からの文化《ぶんか》をとりいれ、さらに自国《じこく》の伝統《でんとう》をブレンドし、自分《じぶん》たちにあったものへと改良《かいりょう》することが得意《とくい》です。そこには、わくにとらわれない自由《じゆう》な発想力《はっそうりょく》と、好奇心《こうきしん》が生《う》みだす知恵《ちえ》と、研究心《けんきゅうしん》にうらづけられた技術《ぎじゅつ》とがあります。

そう考《かんが》えると、わたしはあんパンをかじりながら、なんともほこらしい気《き》持《も》ちになります。

そして、ボンジュールのパンをオリジナルのうさぎ・あんパンに変《か》えた小《こ》麦《むぎ》も、また、日本《にほん》の女《おんな》の子《こ》だなぁ、とうれしくなるのです。

作者●**斉藤栄美**（さいとう えみ）
東京都に生まれる。児童文学作家。「四年一組石川一家」シリーズで作家としてデビュー。おもな作品に『レイナ』『ふしぎなおるすばん』『転校 ～なずなの場合～』『教室 ～6年1組がこわれた日～』「あおぞらえん」シリーズ、「忍者KIDS」シリーズ（以上いずれもポプラ社）、『わたしがふたり』（教育画劇）、『ぼくとママのたからもの』「ラブ♡偏差値」シリーズ、『妖精のパン屋さん』『妖精のロールパン』『妖精のベーグル』（いずれも金の星社）など多数。

画家●**染谷みのる**（そめや みのる）
奈良県に生まれる。イラストレーター、漫画家。書籍の装画やさし絵、雑誌での漫画執筆を中心に活動。おもな装画作品に『夢であいましょう』（赤川次郎・著、朝日文庫）、『さがしものが見つかりません！』（秋山浩司・著、ポプラ社）、『ふるい怪談』（京極夏彦・著、角川つばさ文庫）、『春待ちの姫君たち』（友桐夏・著、東京創元社）、『妖精のパン屋さん』『妖精のロールパン』『妖精のベーグル』などがある。
http://asapi.client.jp/

パン作りアドバイザー●吉澤千晴

装丁／ＤＯＭＤＯＭ
編集協力／志村由紀枝

◆ 参考文献 ◆

『おいしい天然酵母パンが丸ごとわかる本』寺田サク監修（柑出版社）
『パン「こつ」の科学』吉野精一（柴田書店）
『NHK テレビテキスト 趣味 Do 楽　KOBE で極める！ 世界のパン』（NHK 出版）
『おいしくて安全　国産小麦でパンを焼く』農文協編（農文協）
『レストランのパン カフェのパン』近藤敦志（柴田書店）

妖精《ようせい》のあんパン

作●斉藤栄美　絵●染谷みのる

初版発行—2017年 3月　第5刷発行—2019年 11月

発行所—株式会社 金の星社
〒111-0056 東京都台東区小島 1-4-3
電話 03(3861)1861(代表)　FAX.03(3861)1507
ホームページ http://www.kinnohoshi.co.jp
振替 00100-0-64678

印刷——株式会社 廣済堂
製本——牧製本印刷 株式会社

NDC913　ISBN978-4-323-07364-4　151P　19.5cm
© Emi Saitô & Minoru Someya, 2017
Published by KIN-NO-HOSHI SHA, Tokyo, Japan

乱丁落丁本は、ご面倒ですが小社販売部宛にご送付ください。
送料小社負担にてお取替えいたします。

JCOPY 出版者著作権管理機構 委託出版物
本書の無断複写は著作権法上での例外を除き禁じられています。複写される場合は、そのつど事前に出版者著作権管理機構(電話 03-3513-6969　FAX 03-3513-6979　e-mail: info@jcopy.or.jp)の許諾を得てください。

※ 本書を代行業者等の第三者に依頼してスキャンやデジタル化することは、たとえ個人や家庭内での利用でも著作権法違反です。